KJB

Janet Foxley mag nicht nur kleine Riesen, sondern auch Zauberer, ansonsten hat sie schon eine Menge erlebt (studiert, in Deutschland gearbeitet, geheiratet, Kinder gekriegt und Bücher geschrieben), bevor sie mit ›Munkel Trogg‹ den renommierten Kinderliteraturwettbewerb der »Times« gewann und einen internationalen Bestseller landete. Sie lebt zusammen mit ihrem Mann in einem großen alten Bauernhaus auf dem Land in Carlisle, England.

Weitere Informationen zum Kinder- und Jugendbuchprogramm, auch zu E-Book-Ausgaben, gibt es bei *www.blubberfisch.de* und *www.fischerverlage.de*

Janet Foxley

Victoria Street No. 17

Das Geheimnis der Schildkröte

Aus dem Englischen von
Sigrid Ruschmeier

KJB

FSC
www.fsc.org
MIX
Papier aus verantwortungsvollen Quellen
FSC® C083411

Erschienen bei FISCHER KJB

Published by arrangement with CHICKEN HOUSE ENTERTAINMENT LTD., Blackford, Somerset, UK
Dieses Werk wurde vermittelt durch die Literarische Agentur Thomas Schlück GmbH, 30827 Garbsen

Für die deutschsprachige Ausgabe:

Umschlaggestaltung: Regina Solf, unter Verwendung einer Illustration von Verena Körting
Satz: Pinkuin Satz und Datentechnik, Berlin
Druck und Bindung: CPI books GmbH, Leck
Printed in Germany
ISBN 978-3-7373-4022-9

1

»Kapuze runter.«

»Was?« Überrascht schaute Tom den Busfahrer an.

»Zieh die Kapuze ab, Junge. Ich sehe gern, wer in meinen Bus einsteigt. Bei der Hitze brauchst du sowieso keine.«

O doch, die brauche ich, dachte Tom. Was, wenn mich jemand erkennt und dann Dad erzählt, er hätte gesehen, wie ich in den Bus nach Olford gestiegen bin? Eine Skimaske wäre besser gewesen, aber das hätte erst recht komisch ausgesehen.

Es war Freitagnachmittag, und Toms Vater dachte, sein Sohn führe mit seinem Freund Matt und dessen Familie übers Wochenende ans Meer. Wenn er herausfand, dass Tom in einer streng geheimen Mission unterwegs war, kriegte Tom echt Ärger. Nun aber schob er sich rasch die Kapuze vom Kopf, bezahlte, ging nach hinten durch zur letzten Bank und zog die Kapuze wieder auf. Der Fahrer hatte unrecht. Es war nicht zu warm für eine Kapuze, jedenfalls nicht für seine. Die war federleicht, und er spürte kaum, dass er sie aufhatte.

Als er gestern Morgen zur Schule gegangen war, hatte ein Päckchen auf der Türschwelle gelegen. »Für das Geburtstagskind Thomas Stephen Bryant zu seinem 11. Geburtstag«, stand auf dem Adressaufkleber. Also war es für ihn. Aber es waren keine Briefmarken, kein Poststempel und kein Absender darauf, überhaupt keinerlei Hinweis, wer ihm das Päckchen geschickt hatte und wie es auf die Schwelle seines Zuhauses gekommen war.

Darin eingepackt war ein seidiges graugrünes Kapuzenshirt, ein Hoodie, und das Material war wirklich so fein, dass es kaum Platz wegnahm, als er es in seinen Schulrucksack gestopft hatte. Sein Vater war schon auf der Arbeit, aber Tom zeigte es ihm auch nicht, als er wieder zu Hause war. Dad mochte keine Kapuzenshirts, und Tom durfte nie eins tragen. »Wer ein Hoodie trägt, wird von den Leuten als Krawallmacher angesehen«, sagte Dad immer.

Aber heute nach der Schule hatte Tom das neue Hoodie auf der Toilette am Busbahnhof angezogen. So was Bequemes hatte er noch nie getragen.

Bis Olford waren es siebenundzwanzig Kilometer. Da

konnte er sich die Zeitungsartikel in aller Ruhe noch mal ansehen. Behutsam nahm er einen Umschlag aus dem Rucksack und holte ein paar vergilbte Zeitungsausschnitte heraus. Vom vielen Anschauen waren sie ganz dünn und mürbe geworden.

Dad redete nie über Mum, aber *gedacht* hatte er offenbar viel an sie und die Artikel immer und immer wieder durchgelesen.

Aus Angst, Dad würde merken, dass welche fehlten, hatte Tom nur wenige mitgenommen. Der Inhalt der Schachtel, in der sie gelegen hatten, war eigentlich ein sorgfältig gehütetes Geheimnis, aber als Dad gestern Abend überraschend zu einem Brand auf seiner Arbeitsstelle gerufen worden war, hatte Tom die Gelegenheit genutzt und es ein wenig gelüftet. In der Schachtel hatte er viel mehr gefunden als bisher bei seiner stets hastigen, heimlichen Internetsuche und manches über seine Mutter erfahren, das er nicht gewusst hatte. Das Wichtigste allerdings nicht: wie und warum sie verschwunden war!

Das war nun sieben Jahre her; seitdem lebte er allein mit seinem Dad. Aber Dad war der Beste, besser als die Väter und Mütter der meisten Kinder zusammengenommen. Trotzdem machte Tom sich oft Gedanken, weil Dad der Einzige war, den er hatte. Auf der väterlichen Seite der Familie gab es keine Großeltern, zu denen er auch mal hätte gehen können, keine Tanten und keine Onkel. Und Dad weigerte sich, ihm irgendetwas über die Familie seiner Mutter zu erzählen. Doch genau deshalb fuhr er jetzt nach Olford, wo seine Mutter aufgewachsen war. Im Telefonbuch hatte er gesehen, dass dort immer noch jemand wohnte, der den ungewöhnlichen Mädchennamen seiner Mutter trug.

Vorsichtig faltete Tom die Zeitungsausschnitte auseinander und las sie noch einmal. In der *Brinchester Mail* hatte der ausführlichste Bericht über den Tag gestanden:

»Mrs Bryants kleiner Sohn, der noch am Tag zuvor fröhlich seinen vierten Geburtstag gefeiert hatte, erzählte uns tapfer, wie sie zusammen im Garten gewesen waren und seine Mutter dann von einem Moment zum anderen verschwunden war.«

War er wirklich tapfer gewesen? Er konnte sich an den Nachmittag kaum erinnern und erkannte das Gesicht auf dem Zeitungsfoto eigentlich auch nicht als das seiner Mum.

Aber er erinnerte sich an ihre Stimme. Im Haus hatte

sie immer gesungen, manchmal Kinderlieder, manchmal Lieder, die er nicht verstand. Das mit dem Singen hatte er bis gestern auch vergessen, aber dann hatte er den Ausschnitt aus der *Olford Gazette* gelesen:

»Bei der unter mysteriösen Umständen verschwundenen Frau aus Brinchester handelt es sich um Annabel Bryant, geborene Clever-Best, die schon als Schülerin des Gymnasiums in Olford unsere Stadt mit ihrem Gesang begeistert hat. Später ließ sie sich als Opernsängerin ausbilden, legte ihre Karriere aber nach der Geburt ihres Sohnes auf Eis.«

Ah, dann waren die Lieder, die er nicht verstanden hatte, wahrscheinlich aus Opern gewesen.

Auf einem der Zeitungsausschnitte war ein Hochzeitsfoto seiner Eltern. Dad sah aus wie ein anderer Mensch. Er hatte mehr Haare und wurde auch noch nicht grau. Der Hauptunterschied aber war das Lächeln. So glücklich hatte Tom seinen Vater nie gesehen. Ach, wenn er ihm doch bald etwas erzählen konnte, das ihn wieder so zum Lächeln bringen würde.

Jedes Mal, wenn der Bus hielt, warf Tom einen nervösen Blick auf die zusteigenden Fahrgäste. Als sie aber erst einmal aus Brinchester raus waren und durch

Dörfer fuhren, die er nicht kannte, wurde er ein bisschen ruhiger. Hier würde ihn keiner erkennen.
Da stieg Mrs Taylor ein. Mrs Taylor war eine seiner Lehrerinnen.
Tom duckte sich ein bisschen tiefer in den Sitz. Doch Mrs Taylor kam direkt auf ihn zu und setzte sich auf einen der wenigen freien Plätze, neben ihn. Sie sah die Zeitungsausschnitte auf seinem Schoß.
»Ah, du beschäftigst dich mit dem Fall von Annabel Bryant«, sagte sie. »Für ein Schulprojekt?«
Wie komisch, dass sie das sagt, dachte Tom. Warum sollte ich denn ein Projekt über meine Mutter machen? Weil er nicht wusste, was er antworten sollte, sagte er nichts.
»Jetzt ist es schon lange her, aber als es passierte, hat es überall Schlagzeilen gemacht. Von Außerirdischen entführt, hieß es. Also, so was!«
Wie bitte? Tom wurde ganz schwummerig, und er glitt noch tiefer in seinen Sitz.
»Ich interessiere mich seit kurzem wieder für den Fall, weil ich die Familie kennengelernt habe.«
»Echt?« Toms Stimme kam nur als Piepsen heraus.
»Ja, der kleine Junge da«, sie zeigte auf das Foto von ihm als Vierjährigem, »er heißt Tom. Jetzt ist er na-

türlich nicht mehr klein, sondern bestimmt schon so groß wie du.«

»Echt?«, piepste Tom noch mal. Und dachte: Er ist *genauso* groß wie ich, weil ich es *bin*! Erst heute Morgen hatte er bei Mrs Taylor im Unterricht ein Gedicht vortragen müssen. Und jetzt redete sie mit ihm wie mit einem Fremden!

»Ein netter Junge, ziemlich still, gut im mündlichen und schriftlichen Ausdruck. Du könntest übrigens in deinem Projekt verwenden, dass du seine Lehrerin interviewt hast. Das ist eigenständiges Recherchieren und viel besser als bloß abschreiben, was in den Zeitungen steht. Für so was kriegst du Extrapunkte. Ach herrje, da ist schon meine Haltestelle. War nett, mit dir zu plaudern.« Mrs Taylor nahm ihre Sachen und stieg schnell aus.

Außerirdische? Dass seine Mutter von Außerirdischen entführt worden sein sollte, war aber kaum seltsamer, als dass Mrs Taylor ihn nicht erkannt hatte.

In Toms Kopf drehte sich immer noch alles, als sie an einem Schild vorbeifuhren: »Olford heißt rücksichtsvolle Autofahrer herzlich willkommen.« Er war fast da und hatte gar keine Zeit gehabt, darüber nachzudenken, wie er sein plötzliches Erscheinen erklären sollte. Was sagte man zu Wildfremden, die womöglich längst verloren geglaubte Verwandte waren?

Tag, ich bin Tom Bryant, Annabels Sohn.

Nein, so mit der Tür ins Haus zu fallen ging nicht. Er wollte niemandem einen Schock versetzen. Aber das Problem war, dass er fast nichts über den oder die »K. Clever-Best« im Telefonbuch wusste. Es konnte seine Großmutter, aber auch sein Großvater sein. Eine Tante oder ein Onkel. Eine Cousine oder ein Cousin. Oder überhaupt kein Verwandter. O nein, das bitte nicht.

Entschuldigen Sie die Störung, aber sind Sie mit Annabel Bryant verwandt, der Sängerin?

Das war besser. Wenn die Leute zurückfragten: »Mit wem?«, konnte er die Zeitungsausschnitte hervorholen und ihnen die Fotos zeigen. Zurückfragen würden sie allerdings nur, wenn sie keine Verwandten waren.

Der Bus fuhr auf einen trostlosen Busbahnhof. Tom ließ alle Leute zuerst aussteigen. Auf einmal hatte er es gar nicht eilig. Er schaute auf den Stadtplan von Olford, den er sich aus dem Internet ausgedruckt hatte. Er musste in die Victoria Street, und die war

beängstigend nah am Busbahnhof. Langsam trottete er los.
Warum habe ich nicht einfach angerufen?, dachte er. Das wäre doch am einfachsten gewesen. Dann hätte ich in zwei Minuten nicht nur herausgefunden, ob K. Clever-Best mit mir verwandt ist, sondern auch, ob sie mich überhaupt kennenlernen will. Heute Morgen hatte er sogar schon die ersten Ziffern der Telefonnummer gewählt, war aber in Panik geraten und hatte aufgelegt. Plötzlich war es ihm leichter vorgekommen, einfach dort aufzutauchen und zu klingeln. Jetzt kam es ihm überhaupt nicht mehr leicht vor.
Die roten Backstein-Reihenhäuser in der Victoria Street hatten keinen Vorgarten, und man musste vom Bürgersteig ins Haus nur eine Stufe hochgehen. Die Haustür von Nummer 17 war fröhlich grün gestrichen. Tom schlich mehrmals daran vorbei, bevor er endlich seinen ganzen Mut zusammenkratzte und klingelte.
Das Klingeln war ein altmodisches, kräftiges, lautes Rrrrringelingeling, kein schwächliches Ding-dong, und man hörte sofort, dass die Klingel funktionierte. Aber niemand kam zur Tür. Oje! Da hatte er an alles

gedacht, nur nicht daran, dass K. Clever-Best möglicherweise gerade nicht im Haus war. Oder sogar verreist.

»Katharina ist bestimmt in ihrer Werkstatt«, rief eine Stimme über seinem Kopf. Im Nachbarhaus goss eine Frau die Blumen in ihren Blumenkästen. »Hinter dem Haus. Geh einfach durch den Durchgang.«

»Danke«, sagte Tom. Jetzt konnte er sich nicht mehr verdrücken, nicht, wenn die Nachbarin zuguckte. Er holte tief Luft und lief durch den schmalen Durchgang zwischen Nummer 15 und Nummer 17, der in die kleinen Höfe hinter den Häusern führte. Über die Mauer hinweg konnte er sehen, dass der Hof von Nummer 15 ordentlich mit Steinen ausgelegt war und ein Plastiktisch, Plastikstühle und viele Pflanzen in Kübeln darin standen.

Nummer 17 war dagegen ein einziges Durcheinander. Durch Blumenbeete, in denen hüfthoch das Unkraut stand, wand sich ein Ziegelsteinpfad, und quer über den Hof war eine Wäscheleine gespannt, an der tropfende Wollstränge hingen. Am gegenüberliegenden Ende war ein kleiner Schuppen an die Mauer gebaut. Das musste die Werkstatt sein. Aus deren halboffenem Fenster zog ein dünner Dampfstreifen, und vor der geschlossenen Tür räkelte sich eine große getigerte Katze mit weißen Pfoten und einem schweren Halsband. Sie erinnerte Tom an die Katze, die oft bei ihm zu Hause durch den Garten stolzierte.

Als er sich durch das hohe Unkraut einen Weg bahnte, öffnete die Katze ein grünes Auge und musterte ihn von oben bis unten. Dann stand sie auf, streckte sich und sprang durch das halboffene Fenster in den Schuppen. Einen Augenblick später ging die Tür auf, und eine Frau kam heraus. Sie strahlte übers ganze Gesicht.

»Mein lieber Tom«, sagte sie und breitete die Arme aus. »Wie schön, dich zu sehen. Ich wusste, dass dich das Kapuzenshirt hierherbringen würde.«

2 »Sie … Sie wussten, dass ich komme?«, stammelte Tom. »Dann haben Sie mir das Kapuzenshirt geschickt?«

Katharina Clever-Best war eine schlanke, eher kleine Frau mit Kopftuch und einem langen wallenden Rock, über den sie stramm eine bunte Patchwork-Schürze gebunden hatte.

»Natürlich«, sagte sie. »Gefällt's dir?«

»Und wie! Ich finde es total toll. Aber eins verstehe ich nicht. Wie …?«

»Ach, ich habe Mittel und Wege. Das wirst du beizeiten herausfinden. Jetzt komm erst mal mit ins Haus und trink einen Tee. Du hast sicher einen Mordsdurst. Die Busfahrt ist furchtbar nervig, findest du nicht? Dabei ist es gar nicht so weit.«

Sie zog ihr Kopftuch ab, und wie Sonnenstrahlen um eine Wolke prangten rote Locken um ihr blasses Gesicht. Tom verschlug es regelrecht den Atem. Genau solche Haare hätte er auch, wenn er sie sich nicht immer raspelkurz schneiden lassen würde.

»Sie haben … haben …«
»Die gleichen Haare wie du? Ja, rote Haare überspringen beim Vererben oft eine Generation.«
»Dann sind Sie …« Tom brachte kein Wort heraus. Er hatte eine Großmutter!
»Du kannst Du sagen und mich Großmutter oder Granny nennen. Wie du willst. Ganz egal.«
Die Küche war so ordentlich, wie der Garten unordentlich war, und es roch nach lauter leckeren Sachen. Aber Tom hätte nicht sagen können, nach was. Während er ziemlich verwirrt am Tisch Platz nahm, machte seine Großmutter Wasser heiß, holte Becher und Teller von einem Regal und eine Kuchendose aus einem Schrank.
»Na, was haben wir wohl hier drin?«, sagte sie. »Was hättest du gern? Welche Sorte soll es sein?«
Was für eine seltsame Frage, dachte Tom, aber die ganze Situation war sowieso seltsam. Wieso hatte sie ihn erwartet?
»Schokolade«, sagte er.
»Das nenn ich mal Glück«, sagte Mrs Clever-Best, fuhr mit einem Finger einmal schnell rund um den Rand der Dose und öffnete sie. »Schokoladenkuchen! Bitte schön.«

»Gran…« Granny zu einer Großmutter zu sagen war eine derart neue Erfahrung für Tom, dass er das Wort erst mal gar nicht herausbrachte. Mrs Clever-Best, die sein Problem nicht mitkriegte, missverstand ihn.

»Gut, dann sagst du Gran und nicht Granny, kurz und schmerzlos. Was für eine Sorte Tee möchtest du?«

»Sorte?«

»Indischen, chinesischen, Kamille, Pfefferminz, Zitronenmelisse, Himbeerblätter, Brennnessel …«

»Einfach Tee, bitte, ganz normalen schwarzen Tee.«

»Normalen? Natürlich, du bist nur normalen gewöhnt. Das vergesse ich immer. Entschuldige, Tom. Es dauert sicher eine Weile, bis wir zwei uns nach der langen Zeit wieder besser kennen.«

»Wieder? Haben wir uns denn schon mal gekannt?«

»Ach, du liebe Zeit, ja. Als du klein warst, bin ich mindestens einmal in der Woche vorbeigekommen und habe dich besucht. Natürlich nur, wenn dein Dad nicht da war.«

»Gran«, das kürzere Wort kam ihm leichter über die Lippen, und dieses Mal schaffte er auch den Rest des Satzes, »woher wusstest du, dass ich komme?«

»Weil ich dich eingeladen habe. Daher.«

Tom verstand überhaupt nichts mehr. Er war doch gar nicht eingeladen worden. Verwechselte sie ihn mit jemand anderem, erwartete sie eigentlich diesen anderen? Waren die roten Locken nur Zufall?

»Ich bin Tom Bryant«, sagte er und überlegte ganz schuldbewusst, für wen sie diesen außergewöhnlich schokoladigen Kuchen in Wirklichkeit gebacken hatte. »Thomas Stephen Bryant.«

»Mein lieber Junge, ich weiß, wer du bist.«

»Aber du hast mich nicht eingeladen. Ich hatte selbst die Idee, hierherzukommen und dich zu suchen. Gestern Abend war ich allein zu Hause, weil es auf Dads Arbeitsstelle brannte und er dort hinmusste, und da habe ich deinen Namen herausgefunden und wo du wohnst.«

»Richtig«, erwiderte seine Großmutter. »Das perfekt zu organisieren war nicht leicht, das kann ich dir sagen. Aber ich habe es geschafft. Das Feuer hat lange genug gedauert und trotzdem nicht viel Schaden angerichtet.«

Jetzt war Tom total verwirrt. Na gut, von dem Brand konnte sie erfahren haben, weil darüber heute Morgen in den Lokalnachrichten berichtet worden war.

Aber hatte sie nicht gerade behauptet, sie selbst habe ihn verursacht?
Sie ist verrückt, dachte er. Kein Wunder, dass Dad mich von ihr ferngehalten hat. Ich wünschte, er hätte mir die Wahrheit gesagt. Dann hätte ich mich nicht in das Haus einer Frau eingeladen, die voll durchgeknallt ist.
»Noch ein Stück?«, sagte sie jetzt. »Oder würdest du lieber was anderes probieren? Zitrone, Kirsch, Karotten oder meinen Spezial-Honigkuchen?«
Tom warf erneut einen Blick auf den Küchenschrank. Wo bewahrte sie das ganze Zeugs auf? Und wer aß es sonst?
»Gran«, sagte er, »wohnt noch jemand hier?«
»Du meinst, ob du einen Großvater hast? Doch, doch, den hast du irgendwo. Aber ich habe Michael Best schon seit vielen Jahren nicht mehr gesehen. Unsere Heirat war ein Missverständnis. Ich war zu jung.«
»Das wusste ich nicht. Tut mir leid.« War sie deshalb verrückt geworden?
»Nein, nein, das muss dir nicht leidtun. Ich bin rundum glücklich. Abgesehen natürlich von der unseligen Geschichte mit deiner Mutter. Deshalb habe ich dich

ja zu mir gerufen. Tom, erzähl mir bitte, was an dem Tag passiert ist.«

»Das wollte ich dich fragen. Stimmt es, dass Mum von Außerirdischen entführt worden ist?«

Gran lachte laut auf, und ihr Lachen klang glockenhell. »Ach, diese alte Geschichte. Nein, nein, die stimmt nicht. Aber den Schlüssel zu dem Geheimnis hast du in der Hand, Tom. Du warst der Einzige, der dabei war, als sie verschwunden ist. Erzähl mir genau, an was du dich erinnern kannst. Jede kleinste Kleinigkeit.«

»Ich war vier«, protestierte Tom. »Ich kann mich an gar keine Kleinigkeit erinnern.«

»Das glaube ich nicht«, sagte Gran, rührte in der Teekanne und goss ihm noch einen Becher golden schimmernden Tee ein. Er schmeckte etwas anders als der erste, aber sehr, sehr lecker. Schon als Tom ein paar Schlucke davon getrunken hatte, wurde er langsam klarer im Kopf, und seine Erinnerungen kamen tatsächlich zurück.

»Es war ein wunderschöner warmer Tag«, begann er. »Wir waren spazieren gegangen, ich glaube, im Park. Ja, es war ganz bestimmt im Park, denn sie bauten gerade die Bühne für den Wettbewerb der jungen

Talente auf. Das machen sie diese Woche wieder. Kerry, die Schwester von meinem Freund Matt, macht dieses Jahr mit. Sie singt.«

»Dieses Jahr ist erst mal egal«, meinte Gran. »Was ist damals passiert?«

»Als wir nach Hause kamen, sind wir in den Garten gegangen. Ich habe im Sandkasten ein Auto gebaut, und Mum hat sich unter den Apfelbaum gesetzt und gelesen.«

Tom hielt einen Moment inne und biss von dem zweiten Kuchenstück ab. Dad konnte nun wirklich gut Kuchen backen, aber der hier war noch saftiger, schokoladiger, kuchiger als Dads.

»Das Buch, in dem sie gelesen hat, hatte einen wunderschönen roten Einband«, fuhr er fort, »mit einer schnörkeligen goldenen Schrift darauf. Als ich gefragt habe, ob sie mir daraus vorlesen könnte, hat sie gelacht und gesagt, das wäre keine Kindergeschichte, sie studierte die alte Kunde.«

»Aha!«, rief Gran, »weiter! Was passierte dann?«

Tom kribbelte es mittlerweile ein bisschen im Kopf, doch die Erinnerungen kamen schnell und klar zurück.

»Irgendwann hat sie das Buch in die Tasche gesteckt,

ist ins Haus gegangen und hat Orangensaft für mich und Tee für sich geholt. Als ich ausgetrunken hatte, bin ich nach oben in mein Zimmer gegangen, um Ted zu holen, meinen Teddybären. Ich wollte mit ihm in meinem Sandauto fahren. Ich kann nicht mehr als ein paar Minuten weg gewesen sein, aber als ich in den Garten zurückkam, war Mum nicht mehr da. Nur das Buch und der leere Becher waren unter dem Apfelbaum.«

»Tom«, sagte Gran, »weißt du genau, dass sie Tee getrunken hat?«

Tom dachte an all die merkwürdigen Tees, die Gran ihm angeboten hatte, und wusste es nicht mehr so genau.

»Manchmal hat sie was getrunken, das sie selbst zubereitet hat«, sagte er und erinnerte sich an immer mehr. »Aus allen möglichen Pflanzen, die sie im Garten oder von Hecken gepflückt hat. Davon durfte ich nicht probieren. Sie hat immer gesagt, die wären nur für Erwachsene. Aber Dad wollte sie nicht kosten, er ekelte sich davor und hat sie Unkrautsuppe genannt.«

Tom musste kichern. Er wusste plötzlich wieder, dass er es, als er klein war, immer lustig gefunden hatte, sich Unkrautsuppe vorzustellen. Nicht zu fassen, an was er sich plötzlich alles erinnerte.

»Erst dachte ich, Mum wäre wieder in der Küche, und hab weitergespielt. Dann wollte ich ihr zeigen, wie Ted mein Sandauto fuhr, und bin reingegangen. Aber ich habe sie nicht gefunden. Sie war nicht in der Küche. Und auch nicht auf dem Klo. Sie war nirgendwo, oben nicht und unten nicht. Dann dachte ich, vielleicht ist sie in den Schuppen gegangen, um was zu holen. Ich rannte über den Gartenweg zum Schuppen, stolperte über die Schildkröte und …«

»Schildkröte?«, sagte Gran. »Eine Schildkröte hast du nie erwähnt, als die Polizei dich befragt hat.«

Ihre Stimme klang plötzlich so streng, dass Tom unsanft aus der lang entfernten Zeit in die Gegenwart zurückgeholt wurde.

»Hab ich das nicht?«, sagte er überrascht.

»Nein, ganz sicher nicht. Du hast gesagt, du bist gestolpert.«

»Na gut, dann habe ich mich damals nicht daran erinnert. Mir war eigentlich auch viel wichtiger, dass ich mir das Knie aufgeschlagen hatte und wollte, dass Mum es wieder heil blies. Aber ich konnte sie nicht finden. Worüber ich gestolpert war, war völlig unwichtig.«

»O nein, Tom«, erwiderte Gran, »ich glaube, dass es sehr wichtig ist, worüber du gestolpert bist.«

Auf einmal war ihm alles zu viel. Gran klang schon wieder böse, und Tom hatte mehr Erinnerungen, als in seinen Kopf passten. Der fing fürchterlich an zu pochen, und Tom barg das Gesicht in den Händen.

3 Gran zog ihren Stuhl zu Tom heran und legte den Arm um ihn.

»Entschuldige«, sagte sie nun wieder freundlicher. »Ich war zu grob. Ich hätte alles viel langsamer angehen sollen, hätte dir mehr Zeit geben sollen, mich ausfindig zu machen und hierherzufinden – aber vor allem: weniger starken Tee.«

Sie redete immer noch Unsinn. Tom rückte ein Stück von ihr ab. Sein Kopf pochte nicht mehr, aber in seinem Gehirn purzelten die Gedanken weiter durcheinander.

»Mir ist ganz matschig im Kopf«, sagte er. »Ich verstehe überhaupt nichts.«

»Ja, das merke ich. Ich dachte, du wüsstest viel mehr, aber offenbar hat dir dein Vater nicht viel über deine Mutter und mich erzählt.«

»Er redet nicht über Mum. Da wird er zu traurig.«

»Oh, dann weißt du viel weniger, als ich gedacht habe. Vielleicht hilft es dir, wenn ich dich zur Abwechslung mal ein bisschen fragen lasse.«

»Ja«, sagte Tom, aber in seinem matschigen Gehirn waren so viele Fragen, dass er gar nicht wusste, wo er anfangen sollte. Zunächst einmal musste er unbedingt herauskriegen, ob sie wirklich verrückt war, doch danach konnte er sie ja nun nicht direkt fragen. Und eine richtige Antwort würde er bestimmt auch nicht bekommen, denn verrückte Leute meinen immer, sie wären vollkommen normal.

»Ich möchte alles über dich wissen, was es gibt«, sagte er. »Bisher weiß ich nur, dass du gut Kuchen backen kannst und schlecht im Gärtnern bist.«

»Schlecht im Gärtnern? Wie kommst du denn darauf?«

Fand sie das lustig oder beleidigend?

»Na ja, das ganze Unkraut …«, fing er an, als wollte er sich entschuldigen.

Gran lachte.

»Das ganze Unkraut … das sind meine Kräuter, Tom, und manche sind sehr selten und schwer in diesem Land zu züchten.«

»Verstehe. Sind sie für Unkrautsuppen?«

»Manche. Aber ich sage lieber Kräutertee. Und manche sind zum Färben von Seide und Wolle.«

»Hast du deshalb Wolle auf der Wäscheleine hängen?«

»Ja, das ist Teppichwolle. Ich bessere antike Teppiche aus, wertvolle Teppiche aus Persien, der Türkei und Indien. Und die Wolle und die Seide dazu muss ich so färben, dass sie farblich passen. Ich benutze traditionelle Pflanzenfarben, weil die ursprünglichen Teppichweber sie auch benutzt haben.«

»Verstehe«, sagte Tom noch einmal. »Aber verwechselst du die Pflanzen schon mal?« Vielleicht war sie deshalb verrückt und ihm so kribbelig im Kopf. Hoffentlich war das Kribbeln im Kopf nicht das erste Anzeichen von Verrücktwerden.

»Nie«, sagte Gran, »aber man kann manche Pflanzen für beides benutzen. Mit Brennnesseln kann man zum Beispiel Suppe, Tee oder auch einen wunderschönen gelben Farbton machen. Du musst von der Brennnesselsuppe probieren, bevor du wieder fährst.«

»Ähm … wie lange soll ich bleiben?«, fragte Tom.

»Also, ich hoffe, du bleibst das ganze Wochenende. Dein Vater erwartet dich doch erst Sonntagabend vom Meer zurück.«

Das war nun wirklich beängstigend. Das mit dem Feuer in der Fabrik konnte sie wirklich aus den Nachrichten erfahren haben, aber seine Pläne fürs Wochenende nicht.

»Woher weißt du das denn?«, fragte Tom. »Hast du die ganzen Jahre heimlich Kontakt mit Dad gehabt?«

»Nein, heimlich mit dir. Aber du bist noch nicht so weit, dass du dir das alles anhören kannst, und jetzt bin ich wieder mit Fragen dran. Erzähl mir noch etwas über die Schildkröte.«

»Was? Ach so. Ein Männchen. Er gehört den Nachbarn. Er heißt Henry und kommt immer durch Lücken in der Hecke.«

»Tom, weißt du ganz genau, dass die Schildkröte, über die du gestolpert bist, Henry war?«

»Er muss es gewesen sein. Andere Schildkröten kommen nicht in unseren Garten. Da bin ich ganz sicher. Er reißt auch so oft aus, dass sie ihm mit weißer Farbe ganz groß die Ziffern 41 auf den Panzer gemalt haben. Dann wissen die Leute, in welches Haus sie ihn zurückbringen müssen. Warum interessierst du dich so für die Schildkröte?«

»Immer mit der Ruhe, Tom. Das klären wir alles noch. Du bist also über die Schildkröte gefallen. Was dann?«

»Ich habe ein bisschen geweint. Dann habe ich Mum im Schuppen gesucht, und als sie auch da nicht war, bin ich durchs Gartentor nach draußen gerannt, obwohl ich das nicht durfte. Aber ich wollte sehen, ob sie auf der Straße war. Und da hupte mich ein Auto an, und es war Dad, der kam von der Arbeit nach Hause. Und als ich ihm erzählt habe, was los war, sind wir zusammen zu allen Nachbarn gegangen und haben gefragt, ob sie sie gesehen hätten, und dann haben wir die Polizei angerufen, und ich glaube, die hat Dad gesagt, er soll später noch mal anrufen, aber jetzt weiß ich das nicht mehr so genau. Es ist alles wieder ein bisschen verschwommen.«

Das war merkwürdig, denn es ging ihm wieder besser, und es kribbelte ihm auch nicht mehr so im Kopf. Argwöhnisch schaute er die Teekanne an. War das wirklich normaler Tee gewesen?

Gran stand auf und kippte den Rest ins Spülbecken.

»Also, Tom«, sagte sie. »Noch mal: Es tut mir leid, dass ich es so ungeschickt angefangen habe, aber jetzt verstehen wir uns doch prächtig, findest du nicht? Wir können auch ruhig eine kleine Pause einlegen. Und weil der Kuchen nicht genug ist für einen Jungen wie dich, der noch wächst, lass uns mal überlegen, was wir zu Abend essen wollen. Isst du gern Spaghetti?«

»Kommt auf die Soße an«, sagte Tom. Und fügte

schnell hinzu: »Soll es wohl rein zufällig Unkrautsoße sein?«

»Wunderbar!«, rief Gran und brach wieder in ihr glockenhelles Lachen aus. »Humor hast du. Das hilft. Sag mir, hast du auch viel Phantasie?«

»Weiß ich nicht. Aber vielleicht ja, denn meine Lehrer finden meine Geschichten und Bilder immer gut.« Dann überlief es ihn kalt, weil er daran denken musste, dass ihn Mrs Taylor im Bus nicht erkannt hatte.

»Na, hoffen wir das Beste, denn Phantasie brauchst du ganz bestimmt.«

»Wozu?«, fragte Tom.

»Um deine Mutter zu finden natürlich. Aber wie wär's mit Tomatensauce zu den Spaghetti?«

»Die mag ich am liebsten. Aber können wir Mum wirklich finden? An diesem Wochenende?« Er war hierhergekommen, um Verwandte und Antworten zu suchen. Mum zu finden überstieg seine kühnsten Träume!

»Das will ich hoffen. Deshalb habe ich dich gebeten zu kommen. Und während ich jetzt das Abendessen mache, Tom, rufst du besser deinen Vater an. Der erwartet bestimmt, dass du ihm sagst, ob du gut angekommen bist.«

Tom hatte völlig vergessen, dass er Dad anrufen wollte. »Oje«, sagte er und holte sein Handy heraus. »Ich muss so tun, als wäre ich mit Matt am Meer. Dabei kann ich so schlecht lügen.«
»Hier.« Gran zog ein Handy aus einer ihrer Schürzentaschen. »Benutz meins. Und mach dir keine Sorgen darüber, was du sagen solltest, dir fällt bestimmt was ein.«
Tom wählte nervös. Nach nur einmal Klingeln nahm Dad schon ab.
»Tom, wie schön, dass du anrufst. Ich dachte schon, du hättest es vergessen, und wollte dich gerade selber anrufen. Ohne dich kommt es mir hier ganz komisch vor.«
»Mir hier auch«, hörte Tom sich selbst sagen. Das stimmte ja. Es war die reine Wahrheit, und obwohl sie dann mehr als zehn Minuten miteinander plauderten, stellte Dad keine einzige Frage, die Tom nicht ehrlich beantworten konnte. Erstaunlich!
»Das war wirklich komisch«, sagte er, als er Gran das Telefon zurückgab. »Ich musste nicht mal lügen. Es ging alles wie durch Zauber.«
»Aha«, sagte Gran lächelnd. »Gut. Komm und iss was, und dann reden wir darüber, was wir tun. Ich

dachte, ich hätte das Wochenende gut geplant, aber nach dem, was du mir erzählt hast, sehe ich, dass ich meine Pläne ändern muss.«

»Deine Pläne? Gran, warum redest du die ganze Zeit so, als ob dieser Besuch deine Idee gewesen wäre? Er war meine Idee. Ich habe deinen Namen in den Zeitungsausschnitten und deine Adresse im Telefonbuch gefunden.«

»Ja, aber warum hast du plötzlich beschlossen, mich zu suchen?«

»Das war nicht plötzlich, echt nicht«, sagte Tom und kämpfte mit den Spaghetti, die er manierlich um die Gabel wickeln wollte. »Ich wollte immer wissen, ob ich auf Mums Seite Verwandte habe, aber Dad hat einfach nicht darüber gesprochen. Und dann wurde er überraschend zur Arbeit gerufen, und ich habe die Chance ergriffen und auf dem Dachboden nach …«

»Halt, halt, halt«, sagte Gran. »Du meinst nur, dass es so abgelaufen ist. Ich erzähle dir jetzt, wie es in Wirklichkeit war. Gestern bist du elf geworden. Eine Primzahl ist immer das beste Alter, um anzufangen, aber mit sieben warst du zu jung. Ich habe dich genau angeschaut und beschlossen …«

»Womit anzufangen? Und was meinst du damit, dass du mich genau angeschaut hast?«
»Dann, wenn du mit deinem Freund Matt im Garten Fußball gespielt hast. Oder in deinem Zimmer Computerspiele. Ich konnte sehen, dass du so weit warst. Deshalb habe ich dafür gesorgt, dass der Brand …«
Die volle Gabel Spaghetti blieb in der Luft stehen. Die Frau war gefährlich verrückt, und die Spaghetti sahen auch irgendwie falsch aus.
»Igitt«, sagte Tom. »Die sehen ja aus wie Plattwürmer.«
»Es sind Linguine«, sagte Gran. »Wie Spaghetti, nur flach. So, wo war ich? Ach ja, ich habe das Feuer organisiert, dir ein paar Ideen in den Kopf gesetzt und gewartet, was du damit machen würdest.«
Jetzt hatte Tom genug.
»So einen Quatsch habe ich noch nie gehört«, sagte er. »Wie konntest du durch mein Zimmerfenster schauen? Wie konntest du mir Ideen in den Kopf setzen? Du hast eben gesagt, ich könnte dir Fragen stellen. Also, das mach ich jetzt, und ich will Antworten.«
Er dachte, sie würde mit ihm schimpfen, weil er so unhöflich war, aber sie seufzte nur.

»Ach herrje, du hast es immer noch nicht verstanden«, sagte sie. »Und ich dachte, das hättest du. Ich habe so viele Andeutungen wie möglich fallen lassen, lieber Tom, damit es kein zu großer Schock für dich ist, aber jetzt – Schock hin oder her – muss ich es dir leider geradeheraus sagen. Tatsache ist, dass unsere Familie zu den wenigen in diesem Land gehört, die noch die alten Künste praktizieren. Ich bin eine Zauberin. Ich habe Zauberkräfte.«

4

Tom fiel die Gabel aus der Hand. Sie schlug auf dem Tellerrand auf, und quer über den Tisch spritzte Tomatensoße.

»Ich will nach Hause«, sagte er.

»Du musst keine Angst haben, Tom«, sagte Gran. »Zauberei ist nicht dasselbe wie Hexerei. Ich mache keine schlimmen Sachen. Du brauchst dich nicht vor mir zu fürchten, nur weil ich magische Kräfte besitze.«

Tom stand auf und ging langsam rückwärts zu seinem Rucksack, den er in einer Ecke neben der Tür abgelegt hatte.

»Ich habe keine Angst vor dir, weil du magische Kräfte besitzt, sondern weil du dir einbildest, du hättest welche«, sagte er.

»Ach so«, sagte Gran. »Dann hast du meine Andeutungen verstanden, aber nicht geglaubt. Oje, das hab ich wirklich schlecht angestellt, was? Wir müssen reden. Komm und setz dich in den gemütlichen Sessel im Wohnzimmer. Ich wärm dir das Abendessen auf, wenn dir wieder nach Essen ist.«

Nimm deinen Rucksack und geh ganz ruhig zur Hintertür hinaus, sagte Tom zu sich selbst. Aber er schaffte es nicht. Stattdessen folgte er Gran ins Wohnzimmer und setzte sich neben sie auf eine weiche Couch.

»Ich hätte es mir denken müssen, dass das zu schwer für dich zu verstehen ist«, sagte sie. »Schließlich bist du zu drei Vierteln Simpel.«

»Ich bin überhaupt kein Simpel«, sagte Tom empört. »Ich gehöre zu den Schlauesten in meiner Klasse.«

»Nein, nicht simpel im Sinn von dumm, mein Lieber. Simpel nennen wir die Menschen, die nicht unsere Kräfte besitzen.«

»Gran, du musst zum Arzt. Du hast keine Kräfte.«

»Hab ich nicht? Hat mein Erinnerungstee nicht gewirkt?«

»Das waren nur Kräuter. Das war kei… war keine …« Er konnte das Wort kaum aussprechen, so ein Unfug war es. »Gran, es war keine Zauberei.«

»Es waren Kräuter plus einer Zauberzutat, Tom, und zum Glück hat die hervorragend gewirkt, denn du hast gerade meinen letzten Löffel davon bekommen. Wenn du trotzdem nicht glauben kannst, dass es Magie war, dann pass jetzt mal auf. Wie würde ein

Vollblut-Simpel wie dein Vater ein Feuer im Kamin anzünden?«

Tom schaute zum Kamin. Zu Hause drehten sie einen Gashahn auf, knipsten an einem Schalter und hielten ein brennendes Streichholz an das ausströmende Gas. Aber Gran hatte noch einen altmodischen Kamin, in dem unten verknülltes Zeitungspapier lag, darauf Anmachholz und darauf Kohlen.«

»Mit einem Streichholz«, sagte er.

»Ja, wie die Simpel kann ich das natürlich auch, aber als Zauberin habe ich noch andere Methoden. Die zum Beispiel.«

Gran schnipste mit den Fingern, und eine kleine blaue Flamme erschien an der Spitze ihres Mittelfingers.

»Das ist bloß ein Trick«, sagte Tom. Vielleicht war sie doch nicht verrückt. Vielleicht war sie Trickkünstlerin. »Du hast ein Feuerzeug in der Hand.«

Gran spreizte die Finger. Ihre Hand war leer. Die Flamme war noch da.

»Nimm«, sagte sie und hielt Tom den Finger hin.

»Nein, wie denn?« Tom trat einen Schritt zurück.

»Probier es doch aus. Wer weiß, wie viel von der Zauberkraft der Familie du geerbt hast? Wollen wir mal sehen?«

Tom starrte wie gebannt auf das tanzende Flämmchen. Er konnte sich absolut nicht vorstellen, wie sie das entzündet hatte. Aber allmählich beschlich ihn der Verdacht, dass sie doch nicht verrückt war.
»Tut es weh?«, fragte er.
»Nicht, wenn du ein bisschen Zauberkraft hast. Bist du mutig genug, es zu probieren?«
Also, Feigling ließ sich Tom nicht nennen! Er holte tief Luft und streckte die Hand aus. Gran legte ihre Handfläche an seine, so dass sich ihre Fingerspitzen ganz leicht berührten. Das blaue Flämmchen flackerte, Gran zog ihre Hand langsam weg, und das Flämmchen blieb zurück. Es tanzte auf der Spitze von Toms Mittelfinger!
»Wie fühlt es sich an?«, fragte Gran leise.
»Es kitzelt. Verbrennt mich aber nicht. Ist es wirklich heiß genug, um das Feuer anzuzünden?«
»Versuch's!«
Tom ging langsam zum Kamin, ließ aber die Flamme nicht aus den Augen. Dann kniete er sich hin und berührte mit dem Finger das zerknüllte Papier. Sofort loderten gelbe Flammen auf. Vor Angst, dass er versehentlich noch etwas anzünden würde, riss er die Hand weg, pustete auf die Fingerspitze und leckte sie

zur Sicherheit sogar ab, als die kleine Flamme ausgegangen war. Während im Kamin das Feuer zu brennen begann, setzte er sich wieder auf die Couch.

»Gran …«

»IIIIIIIIK!«

Tom wurde von einem wütenden Kreischen von irgendwo aus dem Schornstein unterbrochen. Danach hörte er es kratzen und schrappen. Etwas Rußiges plumpste auf die Feuerstelle. Weil er Angst hatte, es wäre eine Ratte, sprang er zurück. Wie eine Ratte sah es jedoch nicht aus, sondern mehr wie eine Puppe. Eine Puppe, die anfing zu wachsen und nach wenigen Sekunden ein Mädchen war. Ungefähr so alt wie er, Kampfhose, hellrosa Glitzerturnschuhe und Oberteil, das mal weiß gewesen war. Langes dunkles Haar und ein schmales blasses Gesicht.

Tom schnappte nach Luft. Abgesehen von dem Ruß, sah das Mädchen genauso aus wie seine Mutter auf den Zeitungsausschnitten.

»Also, Rike«, seufzte Gran. »Was machst du denn jetzt schon wieder? Wo hast du den Schrumpfzaubertrank her?«

»Mum hat ihn aus Deutschland mitgebracht, als sie neulich ihre Mutter dort besucht hat. Cool, was?«

»Ja, sicher sehr wirkungsvoll, aber unnötig und gefährlich. Warum bist du nicht einfach durch die Tür gekommen?«

»Türen sind für Simpel. Und woher sollte ich wissen, dass du an so einem warmen Spätnachmittag ein Feuer im Kamin hast?« Das Mädchen schaute Tom verwundert an. »Wer ist das denn?«

»Wenn er ein Simpel gewesen wäre, Rike, hättest du unser Geheimnis verraten und die ganze Familie in Gefahr gebracht. Gott sei Dank ist er kein Simpel. Es ist dein Cousin Tom. Und das –«, sie drehte sich zu Tom um, »– ist deine Cousine Rike.«

»Friederike«, sagte das Mädchen. »Es ist ein deutscher Name und bedeutet die Friedensreiche.« Sie schaute mehrmals von Grans roten Haaren zu Toms, bevor sie überzeugt davon zu sein schien, dass er wirklich ein Verwandter war. »Tante Annabels Sohn? Was macht er hier? Er stört – du wolltest dieses Wochenende für Stufe drei mit mir üben.«

»Unterrichtest du Musik, Gran?«, fragte Tom.

»Gran? Gran? Das ist ja wohl typisch Simpel!«, feixte Rike.

Na, wie nennst du denn unsere Großmutter?, wollte Tom fragen, aber Rike redete schon weiter. »Nicht

Musik, Simpel-Tom«, sagte sie. »Die dritte Stufe nach dem Lehrplan der Zauberergilde.«

»Ich bin kein Simpel«, blaffte Tom zurück.

»Nein, ist er keineswegs«, sagte Gran. »Tom konnte meine Flamme übernehmen und das Feuer anzünden.«

»Das wir nicht brauchen.« Rike drehte sich um und spuckte in die Flammen, die zischten und erloschen.

Tom schüttelte sich.

»Was ist?«, fragte Rike.

»Du hast gespuckt.«

»Zaubererspucke. Die zählt nicht. Die Spucke von Simpeln, die ist eklig.«

Darauf wusste Tom nichts zu erwidern. Aber nur durch Zauber konnte dieses Mädchen ohne eine Schramme durch den Schornstein und das Feuer gerutscht sein. Gran hatte die Wahrheit gesagt. Sie hatte Zauberkräfte und ihre grausliche Enkelin auch. Damit war gleich noch etwas erklärt: sein Geburtstagsgeschenk.

»Gran«, sagte er. »Hat das Kapuzenshirt auch Zauberkräfte?«

Gran lächelte. »Ja. Wenn es nötig ist, ja.«

Das Kapuzenshirt hatte ihn davor bewahrt, erkannt

zu werden! Und Grans Handy hatte verhindert, dass er Dad Lügen erzählte. Nun, da er das alles begriff, lief ihm aber doch ein Schauer über den Rücken.

»Entschuldige, dass ich dir nicht geglaubt habe, Gran«, sagte er, »aber jetzt kapiere ich es. Jetzt bin ich so weit, dass ich mir alles anhören kann, was du mir erzählen möchtest. Und dazu esse ich meine Spaghetti auf.«

Gran nahm ihn fest in die Arme und schob ihn zurück in die Küche.

»He, was ist mit mir?«, fragte Rike und kam hinter ihnen her. »Was ist mit meinen Übungen für Stufe drei?«

»Du müsstest gar nicht mit mir üben, wenn du dich mehr angestrengt und das Examen gleich beim ersten Mal bestanden hättest«, sagte Gran. »Aber mit einem bisschen Glück erlebst du dieses Wochenende mehr Zauberkünste, als du für Stufe drei brauchst.«

Sie wärmte die Spaghetti rasch so auf, wie das jeder normale Simpel auch gemacht hätte.

»Wenn du aus dem Nichts Feuer herbeizaubern kannst«, sagte Tom, »warum hast du dann eine Mikrowelle?«

»Wegen des äußeren Erscheinungsbilds«, sagte Gran. »Es muss hier wie in einem Simpel-Haus aussehen, falls die Nachbarn mal … Verflixt und zugenäht, Rike, wie bist du aufs Dach gekommen?«

Rike wollte nicht mit der Sprache raus.

»O nein, lass mich raten. Deine Mutter hat auch einen Hexenbesen aus Deutschland mitgebracht. Und es ist bestimmt ein besonders guter, weil du den ganzen Weg von Brinchester hierhergeritten bist, obwohl du gar keine Flugerfahrung hast.«

Tom kriegte es mit der Angst zu tun.

»Du hast gesagt, Zauberei wäre keine Hexerei«, sagte er vorwurfsvoll zu Gran. »Wie kommt es dann, dass ihr Hexenbesen habt?«

»Haben wir eigentlich nicht. Rike will nur angeben«, sagte Gran. »Wo ist dein Besen, Rike?«

»Der ist hängen geblieben«, sagte Rike kleinlaut. »Im Schornstein ist ein Knick.«

Gran lief rasch zum Hof hinterm Haus, Tom und Rike dicht hinter ihr. Es dämmerte schon, aber direkt vor Grans Haustür war eine Straßenlaterne, und in deren orangefarbenem Schein zeichneten sich deutlich die merkwürdig abstehenden Reiser ab, die aus dem Schornstein herausragten.

»Tom«, sagte Gran aufgeregt. »Du bist derjenige hier, der am meisten Simpel ist. Was würdest du denken, wenn du das siehst?«
»Hm ... zu Hause haben wir ein Dohlennest in einem Schornstein.«
»Sieht das so aus?«
»Ich weiß nicht. Es ist innen im Schornstein, und man kann es nicht sehen.«
»Dann kann ich ... das Risiko nicht eingehen.«
Gran verschwand in ihrer Werkstatt, und ein paar Momente später kam die große getigerte Katze mit den weißen Pfoten an der Mauer entlanggeschlendert. Sie kletterte auf einen Baum im Nachbarhof, war im Nu durch die Äste nach oben geschlüpft und sprang auf das Dach von Grans Haus. Mit sicherem Tritt lief sie über die Ziegel und sprang von dort auf den Schornstein. Dort stürzte sie sich auf die Reiser und riss sie auseinander. Ein paar fielen innen im Schornstein hinunter, andere ratschten über das Dach und purzelten in den Hof. In weniger als einer Minute war von den Besenreisern nichts mehr zu sehen. Die Katze sprang wieder in den Nachbarbaum und verschwand ebenfalls.
»Ach, Kaths«, rief Rike, als Gran aus ihrer Werkstatt

zurückkam, »du hättest ihn nicht kaputtmachen sollen. Mum wird stinkwütend. Der war kostbar. Eine Antiquität!«
»Ich weiß, aber es ist zu gefährlich, ihn da rausgucken zu lassen. Deine Mutter sollte es besser wissen, als dir so was Zauberkräftiges und Wertvolles anzuvertrauen.« Böse ging Gran zurück ins Haus.
Rike war sauer. Tom erstaunt.
»Du meinst, Gran hat dafür gesorgt, dass ihre Katze den Besen kaputtgemacht hat?«, fragte er seine Cousine. »Manno, dann kann sie wirklich zaubern – ich wusste nicht, dass man Katzen dressieren kann.«
Rike verdrehte die Augen und stöhnte übertrieben laut auf. »Was bist du für ein Simpel, du kapierst nicht die Bohne«, sagte sie. Dann gingen beide ins Haus.
Sie fanden Gran im Wohnzimmer, wo sie vor einem kleinen Bücherregal stand und was suchte. Nur sieben Bücher waren darauf – ein grünes, ein lilanes, ein schwarzes und vier rote.
»Das sind sie!«, rief Tom. »Die roten sind genau wie die, in denen Mum die alte Kunde studiert hat.«
»Und was glaubst du, was sie damit meinte?«, fragte Gran. Sie nahm zwei von den roten Büchern zum Couchtisch mit.

»Als ich klein war, wusste ich nur, dass sie meinte, es wären keine Geschichten. Jetzt verstehe ich, dass sie sich wahrscheinlich weiterbilden wollte.«

Rike gluckste.

»Weiterbilden schon, Tom«, sagte Gran liebevoll. »Aber in was ganz Speziellem. Die alte Kunde beschäftigt sich mit unserer Kultur, der Geschichte der Zauberei, unseren Traditionen, unserer Art zu leben, unserem besonderen Wissen. In den Büchern stehen auch die Rezepte für unsere Tränke und Anweisungen für unsere Zaubereien.«

»Zaubereien?«

»Ja, so bezeichnen wir das. Hexen verhexen Menschen, wir verzaubern sie.«

»Ach so!« Nun griff Tom neugierig nach einem der Bücher und schlug es auf. »Hm«, sagte er dann enttäuscht. »Das ist ja alles in einer Fremdsprache geschrieben. Es sind nicht mal unsere Buchstaben.«

»Nein, es ist das Alphabet der Zauberer«, sagte Gran. »Eine Mischung aus uralten Zeichen – Runen, Hieroglyphen und Bilderschrift. Eigentlich nicht schwer zu lernen, wenn man es im Blut hat.« Sie blätterte das andere rote Buch durch und suchte etwas.

Plötzlich kam Tom ein Gedanke. Wenn seine Großmutter so vieles konnte, das andere Leute nicht konnten, dann – »Gran«, sagte er, »du bist viel schlauer als die Polizei. Wenn du ein ganzes Bücherregal mit Zauberbüchern hast, wieso hast du die nicht benutzt, um Mum zu finden?«

5

Gran hatte entdeckt, was sie suchte. Sie legte die beiden Bücher aufgeschlagen nebeneinander auf den Couchtisch. Dann schaute sie Tom an, und ihre Augen funkelten vor Aufregung.

»Glaub mir, Tom«, sagte sie. »Ich habe es versucht. Ich habe in jedem Land und in jedem Jahrhundert gesucht. Vergeblich. Aber mit den neuen Informationen von dir meine ich jetzt, dass ich weiß, wo ich suchen muss.«

Rike schnaubte. »Wo kannst du denn überhaupt noch suchen? Auf dem Mond?«

»Entschuldigung«, sagte Gran. »Ich habe mich schlecht ausgedrückt. Ich hätte sagen sollen: ›Jetzt weiß ich, *was* ich suchen muss.‹«

»Du klingst allmählich so simpel wie Tom«, sagte Rike. »Du hast immer gewusst, was du suchst. Seine Mum. Deine Tochter. Meine Tante.«

»Wenn ich dich das nächste Mal unterrichte, Friederike Clever-Best«, sagte Gran, »erinner mich daran, dass ich dir statt Zaubern Manieren beibringe. So, jetzt schaut euch diese beiden Bücher an. Was fällt euch auf?«

Rike und Tom knieten sich hin und betrachteten die offenen Seiten.

»Ich versteh nur Bahnhof.« Rike schmollte, weil Gran sie ausgeschimpft hatte. »Das ganze Alphabet hab ich noch nicht gelernt.«

Tom betrachtete die seltsamen Gruppen von Zeilen und Formen. Er hatte noch gar nichts gelernt, aber ihm fiel trotzdem etwas auf. »Die Seiten in beiden Büchern sind gleich«, sagte er.

»Na, das hab ich ja wohl auch gemerkt.« Rike warf ihm einen erbosten Blick zu.

»Beinahe gleich, Tom, beinahe.« Gran zeigte auf eine Zeile am Ende der beiden Seiten, und die unterschieden sich voneinander. »Das macht viel aus – dieser Unterschied ist entscheidend.«

Rike schnappte sich eins der Bücher, betrachtete die auf den Umschlag geprägte goldene Aufschrift und las vor: »›Erstes Buch: Einfache Heilverfahren und Arzneien‹.« Dann nahm sie das andere, stolperte aber gleich schon über den Titel. »›Viertes Buch: Methoden und Materialien für fortgeschrittene …‹ was?«

»Fortgeschrittene Praktiker und Spezialisten«, sagte

Gran. »Nur mächtige Zauberer können die Zaubertränke aus dem Vierten Buch herstellen, ohne Schaden anzurichten.«

»Kannst du es?«, fragte Tom.

»Ja – einige.«

»Dann geht es in dem einen Buch um leichte Zauberei und in dem anderen um schwierige«, sagte Tom.

»Einfache Heilverfahren sind eigentlich noch gar keine Zauberei«, sagte Gran. »Rike kann sie schon alle. Und wenn die Simpel unsere Geheimsprache lesen könnten, könnten sie nach den Anleitungen auch erfolgreich zaubern.«

Rike war mittlerweile stinkwütend. »Das konnte ich schon alles, als ich sieben war! Jetzt kann ich viel mehr. Sachen, die Simpel nie im Leben könnten. Sachen, die auch Viertelblütler wie Tom niemals könnten.«

»Viertelblütler?«, fragte Tom.

»Ich bin eine vollblütige Zauberin«, sagte Gran, »denn meine Eltern waren beide Zauberer. Aber ich habe einen Simpel geheiratet, wodurch meine Kinder Halbblütler wurden. Und dann hat deine liebe Mutter auch einen Simpel geheiratet, und dadurch bist du zu drei Vierteln Simpel und nur zu einem Viertel Zauberer.«

»Ich dagegen bin eine Dreiviertelblütlerin«, sagte Rike, »weil mein Vater so vernünftig war, eine Vollblütlerin zu heiraten, noch dazu eine aus Deutschland, wo man viel besser zaubern kann. Und das bedeutet, dass meine Kräfte dreimal so stark sind wie deine. Immer vorausgesetzt, du hast überhaupt welche.«

»Also bitte, Rike«, sagte Gran. »Mit der Vererbung, das ist so eine Sache. So leicht kann man es nicht vorhersagen. Wer weiß, am Ende hat Tom sogar genauso viel Kraft wie du. Er hat den ersten Flammentest schon bestanden.«

»Hach. Die Flamme von deinem Finger genommen? Das kann doch jeder Simpel.«

»Nein, eben nicht. Ein Simpel würde sich an der Flamme verbrennen, und sie würde ausgehen.«

Rike packte Toms Hände ziemlich grob und untersuchte jeden Finger einzeln.

»Na, gut, keine Brandwunden«, gab sie zu. »Aber dass er Zauberkräfte hat, glaube ich erst, wenn ich sehe, dass er mit den Fingern eine Flamme entzündet, also den Flammentest Nummer zwei besteht.«

»Ich will keine Flamme mit den Fingern entzünden«, sagte Tom. »Ich kann Streichhölzer nehmen. Flammen entzünden ist Zauberkraftverschwendung. Alles, was ich will, ist Mum finden. Was meintest du damit, Gran, dass du jetzt weißt, was du suchen musst? Und dass ich dir neue Informationen gegeben habe.«

»Na, was hast du mir denn vorhin erzählt, darüber, dass du gleich gestolpert bist, nachdem deine Mum verschwunden war?«

»Ich habe gesagt, ich bin gestolpert und habe mir das Knie aufgeschlagen.«

»Das war nicht das Neue. Über was bist du gestolpert?«

»Über die Schildkröte von nebenan.«

»Aber du wusstest nicht genau, dass es die Nachbarsschildkröte war.«

»Sie muss es gewesen sein. Henry war die einzige Schildkröte in unserer Straße.«

»Henry war die einzige Schildkröte in eurer Straße«, sagte Gran, »bis deine Mum verschwunden ist.«

»Aaa!«, rief Rike. »Capito!«

»Also, ich kapier's nicht«, sagte Tom.

»Komm, setz dich.« Gran setzte sich in die Mitte der Couch und klopfte auf das Polster zu ihrer Linken.

Tom setzte sich neben sie, und nach einem Moment Zögern nahm Rike auf der anderen Seite Platz.
»Tom«, sagte Gran, »du hast dich doch daran erinnert, dass sie im Park eine Bühne aufgebaut haben. Für einen Talentwettbewerb. Erinnerst du dich daran, dass deine Mum gesungen hat?«
»Natürlich, sie hat die ganze Zeit gesungen.«
»Ja, vor deiner Geburt war sie von Beruf Sängerin. Da ist sie in viele verschiedene Städte gereist und hat Konzerte gegeben. Aber dann hat sie dich bekommen, und es war sehr unpraktisch, ein Baby mitzunehmen. Als du vier warst, wollte sie langsam wieder zurück auf die Bühne und dazu den Wettbewerb gewinnen und wieder bekannt werden.«
Tom kämpfte mit den Tränen. »Und dann ist sie verschwunden«, sagte er, »und hat die große Chance verpasst.«
»Sie ist nicht verschwunden, du Doofi«, sagte Rike, »sie …«
»Rike!«, sagte Gran streng. »Bitte, lass mich erzählen, auf meine Weise. Das ist alles sehr neu für Tom, und man muss es ihm behutsam beibringen.«
»Was denn?«, sagte Tom. Bevor Rike seine Tränen sehen konnte, wischte er sich mit dem Handrücken

über die Augen. »Was wisst ihr, das ich nicht weiß? Ist Mum tot?«

»Nein, nein. Zumindest habe ich keinen Grund, das anzunehmen. Sie war voll darauf eingestellt, bei diesem Wettbewerb zu singen, und dann hat sie sich erkältet.«

»Nur erkältet? Nichts Ernsthaftes?«

»Eine Erkältung ist ernsthaft genug, wenn du einen Gesangswettbewerb gewinnen willst. Deine Mum hat gekrächzt wie eine Kröte. Sie traf die hohen Töne nicht, ja, sie traf fast überhaupt keinen Ton. Deshalb habe ich ihr gesagt, sie sollte sich diesen Trank machen« – Gran zeigte auf die Seite in *Einfache Heilverfahren und Arzneien* –, »und weil ich dich sowieso an deinem Geburtstag besuchen und zu euch fahren wollte, habe ich ihr ein paar von den Zutaten aus meiner Werkstatt mitgebracht.«

»Aber dann hat sie aus Versehen den Trank hier gemacht!« Rike hopste vor Aufregung auf der Couch auf und ab und zeigte auf das andere Buch.

Gran seufzte. »Ja«, sagte sie. »Ich bin überzeugt, dass das passiert ist. Denn dieser Trank hat eine zusätzliche Zutat.«

»Und das Rezept mit dieser Zutat, wofür ist das?«

»Es ist nur für fortgeschrittene Praktiker und Spezialisten. Nur sie können das Rezept ohne Risiko anwenden und vor allem die Folgen wieder rückgängig machen. In den Händen deiner Mutter hat es leider dazu geführt …«

Rike konnte nicht mehr an sich halten. »… dass sie sich in eine Schildkröte verwandelt hat!«, gluckste sie fröhlich.

6

»Sei doch still!«, herrschte Tom sie an und schluckte wieder Tränen herunter, dieses Mal Tränen der Wut. »Das ist nicht lustig!«
Gran war auch böse. »Nein, Friederike, lustig ist das nicht. Du solltest dich schämen. Und habe ich eben nicht gesagt, dass man es Tom behutsam beibringen muss?«
Tom starrte seine Großmutter entsetzt an.
»Willst ... du mir sagen ...?«, stotterte er los und verstummte.
Gran legte den Arm um ihn. »Ich weiß, das ist ein schrecklicher Schock für dich, Tom, aber für mich ist es eine Erleichterung. Ich habe immer angenommen, dass sich deine Mutter aus Versehen unsichtbar gemacht hat. Und jemand Unsichtbares zu finden ist selbst mit Zauberkräften sehr schwer. Eine Schildkröte zu finden ist viel leichter. Aber ich könnte mir in den Bauch beißen, dass ich nie an die Möglichkeit gedacht habe, dass sie eine andere Gestalt angenommen hat. Ich habe sieben Jahre vergeudet,

weil ich mit Unsichtbarkeitstränken experimentiert habe.«

»Es ist nicht deine Schuld«, sagte Rike. »Es ist Tante Annabels Schuld, weil sie sich an Zauberformeln vergriffen hat, von denen sie nichts verstand.«

Gran lachte kurz und heftig auf.

Tom brach in Tränen aus. »Es ist nicht lustig!«, schluchzte er noch einmal.

Gran umarmte ihn fest. »Ich habe nicht über den Unfall deiner Mutter gelacht«, sagte sie liebevoll. »Ich fand komisch, was Rike gesagt hat. – Lass dir das eine Lehre sein, Rike. Annabel hat gar nicht versucht, einen fortgeschrittenen Trank zu machen. Sie hat nur einer ganz einfachen Arznei eine falsche Zutat beigemischt.«

»Aber … eine Schildkröte …?« Allmählich begriff Tom das mit dem Erinnerungstee und den Schrumpftränken, aber das mit der Schildkröte war einfach zu viel.

»Tom, eigentlich ist es gut, dass deine Mum eine Schildkröte ist. Das sind langsame Geschöpfe, leicht zu fangen, und sie wandern nicht weit weg. Sie ist wahrscheinlich immer noch in der Nähe eures Gartens.«

Tom stieß Grans Arm weg. »Sie ist bestimmt tot!«, rief er. »Unser Nachbar nebenan steckt Henry jeden Herbst in eine Kiste mit Stroh und stellt ihn unters Dach, weil Henry die Winterkälte nicht aushält. Aber Mum hat gar keinen Besitzer. Sie hat niemanden, der sie in eine Wärmekiste gesetzt hätte. Sie ist bestimmt schon vor Jahren erfroren!«

»Das ist möglich, Tom, das muss ich zugeben, aber ich glaube es eher nicht. Ihre Schildkröteninstinkte haben ihr bestimmt gesagt, dass sie sich was Warmes suchen muss, sobald die Abende kühl werden. Sie hat sich bestimmt in einen Gartenschuppen zurückgezogen oder in einen Komposthaufen wie ein Igel.«

»Es hätte alles viel schlimmer kommen können«, witzelte Rike. »Sie hätte sich in einen menschenfressenden Tiger oder einen aggressiven Einzelgängerelefanten verwandeln können, der Menschen tottrampelt. Dann wäre sie erschossen worden, sobald sie irgendwo aufgetaucht wäre.«

»Friederike«, blaffte Gran sie an, »noch so eine hilfreiche Bemerkung, und ich verwandle dich in einen Regenwurm und werfe dich einer Amsel zum Fraß vor!« Sie zog eine kleine Flasche aus ihrer Schürzentasche. »Mund auf!«

»Nein! Ich will kein Wurm sein!«

»Ich verwandle dich doch gar nicht, Dummerchen. Ich gebe dir nur einen Tropfen Extrawach, damit du helfen kannst, die Schildkröte zu finden. Keine Bange, in ein paar Stunden lässt die Wirkung nach. Komm, für dich auch, Tom.«

Sie ließ einen Tropfen aus der Flasche auf Toms Zunge fallen. Er spürte, wie es ihn warm durchflutete, er ein bisschen ruhiger und sogar weniger traurig wurde. Fast glaubte er nun sogar, dass er seine Mum doch noch einmal wiedersehen würde.

Rike wurde aber nicht ruhiger. Sie wurde misstrauisch. »Warum gibst du uns Extrakraft?«, fragte sie. »Normalerweise muss ich bei dir immer stundenlang üben, damit ich meine Kräfte selbst stärker mache.«

»Dafür ist keine Zeit«, sagte Gran. »Ich habe deine Sinne nur ein bisschen geschärft, weil ich nicht will, dass du Bewegungsmelder anspringen lässt und Alarmanlagen in Gang setzt, wenn wir draußen auf Schildkrötenjagd gehen. So, während euer Extrawach seine Wirkung entfaltet, schaue ich mal nach, wie der Trank für das Zurückverwandeln zubereitet wird.«

Tom war überrascht – offensichtlich hatte die Wirkung des Extrawach schon eingesetzt. Alles im Zim-

mer sah heller aus, und er fand, dass Gran sehr laut redete.
Rike war auch überrascht. »Aber du hast doch schon einen Trank zum Zurückverwandeln«, sagte sie zu Gran.
»Der ist aber nur dafür, wenn man sich absichtlich verwandelt hat.« Gran blätterte ihr schwarzes Buch rasch durch. »Wir brauchen eine Zauberformel aus diesem Buch dafür, wie man jemanden zurückverwandelt, der sich aus Versehen verzaubert hat.«
»Du kannst dich und andere verwandeln, Gran?«, fragte Tom. Das haute ihn nun doch um.
»Natürlich kann sie das, Simpel-Tom«, sagte Rike. »Hast du das noch nicht kapiert?«
»Also, bitte, Rike! Tom begreift die Dinge eins nach dem anderen. Und hör auf, ihn – ach, du Schreck!«
»Was?«, sagten Tom und Rike gleichzeitig.
»Tut mir leid, Tom, mein Lieber, es ist ein bisschen beunruhigend. Die Herstellung des Tranks ist kompliziert. Aber ich sollte es schaffen. Nur haben wir nicht viel Zeit. Offenbar müssen versehentliche Verwandlungen bis sieben Jahre und sieben Tage nachdem sie geschehen sind korrigiert werden. Danach kann man sie nicht mehr rückgängig machen.«

»Aber … es sind schon sieben Jahre und das meiste von einem Tag vergangen!« Tom starrte Gran an, die Augen schreckgeweitet.
»Keine Panik. Wir haben immer noch sechs Tage und ein bisschen, um deine Mutter zu finden, den Trank herzustellen und den Zauber rückgängig zu machen. Und da es jetzt dunkel genug ist, können wir sofort anfangen.«
»Juchu!«, rief Rike. »Das Abenteuer geht los! Ich hol schon mal das Auto …«
»Das Auto?«, sagte Tom. »Du lässt Rike dein Auto fahren, Gran?«
Gran schüttelte den Kopf. »Also wirklich, Abenteuer! Entschuldige, Tom, aber achte gar nicht auf das, was sie daherschwatzt.«
Seit dem Tropfen Extrawach hörte und sah Tom deutlicher, doch die plötzliche Eile, mit der sie Mum finden mussten, machte ihn so wuschig, dass er nicht klar denken konnte. »Wie viele Autos hast du?«, fragte er verwirrt.
»Nur eins, Tom, und das brauchen wir heute Abend nicht.« Gran führte ihn in den Hof. Vor der Werkstatt rollte Rike einen großen Teppich auseinander.
»Ah! Ein Teppich! Aber du meinst doch nicht, das

ist ein ... Wow!« Vor einer Stunde noch hätte Tom das, was er jetzt dachte, vollkommen unmöglich gefunden, aber wenn man gerade erfahren hat, dass die eigene Mutter eine Schildkröte ist, glaubt man alles. »Sind die ganzen Teppiche, die du reparierst, fliegende Teppiche?«

»Nein, nur der hier. Ich muss dir mal bei Tageslicht zeigen, wie bildschön und alt er ist. Setz dich. Du kannst dich an der Kante festhalten, wenn du dich dann sicherer fühlst, aber er fliegt ganz ruhig und wirft dich nicht runter.«

Rike saß schon im Schneidersitz, die Arme gekreuzt und breit grinsend in der Mitte des Teppichs. Tom setzte sich in eine Ecke, damit er sich an zwei Kanten festhalten konnte. Gran kniete in einer anderen Ecke, rieb mit den Fingerspitzen leicht über den Teppich und sang die Worte: »Auf, auf und davon!«

Der Teppich wellte sich an den Rändern und bauschte sich ein wenig dort, wo keiner saß, aber er hob nicht ab. Gran versuchte es noch einmal: »Auf, auf und davon!«

»Du machst es nicht richtig«, sagte Rike, als wenn sie immer alles besser wüsste. »Lass mich mal versuchen. Hoch, hoch und immer höher!«

»Sind das alles Zauberworte?«, fragte Tom, der mit so was wie Abrakadabra oder Hokuspokusfidibus gerechnet hatte.

»Nein«, sagte Gran. »Das ist bloß ein anderer Befehl. Rike prahlt damit, dass sie auch noch andere Befehle kennt – doch es gibt keinen Grund, warum mein Teppich auf ihren Befehl besser reagieren sollte als auf meinen.«

Der Teppich reagierte dann aber doch. Er wellte sich noch einmal, hob sich langsam und ruckelig in die Luft, über das Dach der Werkstatt, über die Bäume des Nachbargartens, über die Häuser auf der gegenüberliegenden Straßenseite. Gran nahm eine Wählscheibe aus einer ihrer Schürzentaschen, legte sie auf den Teppich und drehte den Zeiger. Der Teppich schlingerte, als er der Richtung des Zeigers folgte. Als er besorgniserregend kippte, musste selbst Gran sich an der Kante festhalten. Rike rutschte ein ganzes Stück nach vorne und wäre runtergefallen, wenn sie nicht gegen Gran gestoßen wäre.

»Ich weiß nicht, was mit dem Ding heute Abend los ist«, murmelte Gran.

»Vielleicht ist er für uns drei nicht stark genug«, sagte Tom nervös.

»Ein fliegender Teppich kann jedes Gewicht tragen«, sagte Gran. »Vielleicht habe ich das Lenkrad zu schnell gedreht. Jetzt fliegen wir aber ruhiger.«
Tom lugte ängstlich über den Rand. Unter ihnen lief eine Gruppe junger Leute in Richtung der einzigen Disco von Olford. »Man kann uns sehen!«, sagte er erschreckt. »Die Leute melden bestimmt ein Ufo. Was, wenn die Polizei einen Hubschrauber hochschickt? Oder ein Luftwaffenkampfjet kommt? Was, wenn sie entdecken, dass du eine Zauberin bist, Gran? Was machen sie …«
»Immer mit der Ruhe, Tom. Meinst du, ich wäre noch nie mit dem Teppich geflogen? Schau noch mal hin. Schau dir noch mal die Ränder des Teppichs an, an denen du dich festhältst.«
Tom sah, dass zwischen seinen Fingern Nebelschwaden hochquollen und rund um den Teppich waberten. »Eine Wolke!«, sagte er. »Wir sitzen auf einer kleinen Wolke.«
»Tarnung«, sagte Gran. »Von unten sehen wir einfach aus wie ein Nebelstreifen oder eine Rauchwolke, die am Himmel entlangzieht. Nun bleib schön ruhig und genieß den Flug. Bei der Geschwindigkeit brauchen wir weniger als zehn Minuten.«

Sie flogen jetzt ganz gleichmäßig, und Tom entspannte sich wirklich. »So konntest du mich immer beobachten, stimmt's?«, sagte er, als sie von den Straßen weg und über einen Park flogen. »So konntest du durch mein Zimmerfenster schauen. So – huach! Was ist denn das?«

Der Teppich begann vorwärts und rückwärts zu ruckeln und verlor an Höhe, und Tom umklammerte die Kanten fester. Immer schneller ging es nach unten, jetzt waren sie schon unter den Baumkronen. Tom schaute zur Seite und sah, dass sie sich in Windeseile einem Teich näherten.

»Auf, auf und davon!«, sang Gran eindringlich. »Auf, auf und davoooon!«

»Hoch, hoch!«, schrie Rike voller Panik. »Und immer höher …«

PLATSCH!

Der Teppich war steil nach vorne umgekippt, und als Erste wurde Gran kopfüber in den Teich geworfen. Rike klammerte sich noch ein paar Sekunden an die Kante, dann fiel auch sie hinunter. Schließlich stürzte Tom ins Wasser – und der Teppich landete auf ihm drauf.

7

Unter Wasser war es pechschwarz. Durch den Teppich, unter dem Tom gefangen war, drang überhaupt kein Licht. Tom versuchte mit aller Kraft, ihn wegzuschieben, doch je mehr er schob, desto schwerer wurde der Teppich, denn er saugte Wasser auf wie ein Schwamm und drückte ihn hinunter.

Schnell, Gran, dachte Tom, zauber was, oder ich ertrinke. Aber er konnte nicht warten, bis ein Zauber wirkte. Jetzt musste er es schon so machen wie die Simpel.

Er fing an zu schwimmen. Brustschwimmen wäre am besten gewesen, aber er konnte sich nur an Hundepaddeln erinnern. Er stieg auch ein Stückchen nach oben, stieß jedoch mit dem Kopf an den Teppich und paddelte und strampelte hektisch noch ein bisschen. Zum Glück war der Teppich nicht so groß. Als Tom das nächste Mal hochkam, stieß er nicht mehr dagegen, sondern endlich mit dem Kopf durch die Wasseroberfläche. Geschafft!

Als er sich in flacheres Wasser vorkämpfte, atmete

er mehrmals ganz tief die süße Nachtluft ein. Gran schob gerade Rike ans Ufer. Als sie sich umdrehte und Tom auch helfen wollte, watete er schon durch den Schlamm und kam allein heraus.

»Schüttelt euch trocken«, sagte Gran und machte es ihnen vor. »Kräftig, Rike, wie ein nasser Hund! Das ist kein Schütteln, das ist nur Bibbern.«

Aus Rikes langen Haaren floss das Wasser in Strömen, und ihre klitschnassen Kleider klebten ihr am Körper. Als Tom sich schüttelte, spritzte das Wasser in alle Richtungen. Gran war schon erstaunlich trocken.

»Was war denn los?«, fragte Tom.

»Unfall«, sagte Rike und klapperte mit den Zähnen. »Weiter nichts. Unfälle passieren.«

»Nicht mit meinem Teppich«, sagte Gran böse. »Ich glaube, du bist uns eine Erklärung schuldig, Friederike Clever-Best.«

»Keine Ahnung, was du meinst«, murmelte Rike.

»Doch, die hast du sehr wohl. Mein Teppich versteht mich. Mein Teppich ruckelt und schlingert nicht. Mein Teppich baut keine Unfälle. Mein Teppich ist zu Hause in der Werkstatt, stimmt's? Was hast du Tom auf seiner ersten Reise für einen gemeinen Streich gespielt, Rike? Dabei weißt du ganz genau, wie wenig Zeit wir haben, um seine Mutter zu finden.«

»Es sollte gar kein Streich sein. Der Teppich sollte keinen Unfall bauen.«

»Er sollte gar nicht fliegen!«, rief Gran zornig. »Es war der falsche Teppich. Was hast du damit gemacht?«

»Ich habe ihn in Zauberflüssigkeit getunkt, die ich in deiner Werkstatt gefunden habe«, murmelte Rike. »Auf der Flasche stand ›Fliegen‹.«

»Verflixt und zugenäht, du musst doch wissen, dass man so leicht keinen Teppich zum Fliegen bringen kann. In meinen wurde die Zauberkraft schon vor Jahrhunderten in Persien hineingewoben. Du bist ein gedankenloses, ungehorsames Kind, Rike. Jetzt müssen wir die drei Kilometer nach Hause zurücklaufen und wieder von vorn anfangen.«

In bemerkenswertem Tempo stapfte Gran los. Ab ging's durch den Park. »Und ein bisschen dalli bitte, sonst ist die Nacht bald vorbei.«

»Drei Kilometer? Echt? So weit kann ich nicht laufen. Ich bin nass und friere«, meckerte Rike.

»Du bist selber schuld, und es ist auch ganz egal, beim Laufen wird dir warm.«

Tom beeilte sich, um mit Gran mitzuhalten. Rike

musste zwischendurch sogar kleine Spurts einlegen, um sie wieder einzuholen.

»Wieso bist du schon trocken, Kaths?«, fragte sie ganz außer Atem. »Und Tom, du auch.«

»Ach, wirklich?« Gran ging einen Moment lang ein bisschen langsamer und betrachtete Tom von oben bis unten. »Stimmt. Hm, hm, das ist interessant.«

»Die Nacht ist warm«, sagte Tom. Aber er spürte förmlich, wie das Wasser aus seinen Kleidern gesaugt wurde.

»Warum bin *ich* dann noch nicht wieder trocken? Du bestrafst mich. Du hast was gemacht, damit ich nass bleibe, stimmt's, Kaths?«

»Mir wäre es lieb, wenn du mich nicht Kaths nennen würdest. Bitte sag Gran wie Tom auch.«

»Aber ich nenne dich immer Kaths. Ich nenne dich Kaths seit …«

»Gut, dann habe ich dir die Erlaubnis dazu soeben entzogen. Und nein, ich habe nichts gemacht, damit du nass bleibst. Und auch nichts, damit Tom trocken wird.«

Das eiserne Parktor war für die Nacht verschlossen und sah auch nicht so aus, als könnte man einfach mal so drüberklettern. Es war zwei Meter hoch und hatte keine Verstrebungen, an denen man mit den Füßen Halt gefunden hätte. Tom konnte sich auch nicht mit Klimmzügen an den Stangen hochhangeln, weil die Stangen so dicht zusammen waren, dass er nicht mal mit den Beinen dazwischenpasste.

»Zwecklos«, sagte er und rüttelte enttäuscht an dem Tor. »Jetzt stecken wir bis morgen früh hier fest.«

»Quatsch mit Soße«, sagte Rike. »Kaths – äh, Gran kann uns bestimmt hier rausbringen.«

Gran klopfte sich auf die Schürze. »Zu dumm, ich habe vollkommen vergessen, die Flüssigkeit zum Öffnen-jedes-Tores-vor-dem-du-zufällig-stehst einzustecken«, sagte sie.

Tom hatte sich schon gewundert, warum sie die Schürze nicht abgenommen hatte, bevor sie von zu Hause weggeflogen waren. Jetzt sah er, warum. Alle Flicken in dem Patchworkstoff waren in Wirklichkeit Taschen. Es war eine Zauberinnenschürze mit lauter Dingen, die sie vielleicht brauchte.

»Bück dich, Rike«, sagte Gran. »Und du bleib einfach still stehen, Tom. Und seid beide bitte einen Moment lang richtig stark.«

»Aua!«, rief Rike, denn Gran benutzte ihren Rücken als erste Trittstufe, Toms Schulter als zweite, schwang

sich über das Tor und kam auf der anderen Seite auf dem Boden wieder auf.
»Dein Wunsch, dass ich euch hier rausbringe, wird dir noch erfüllt, Rike«, sagte sie. »Ihr beiden wartet hier, während ich meinen Teppich hole.« Langsam verschwand sie die Straße hinunter.

Rike setzte sich mit dem Rücken ans Tor.
»Versprich mir, dass du Kaths nie wieder belästigst, wenn sie deine Mutter gefunden hat«, sagte sie nach einem langen unfreundlichen Schweigen.
Tom hatte nicht die Absicht, irgendetwas zu versprechen. Jetzt nicht und später nicht. »Ich habe sie nicht belästigt«, sagte er, nun auch sehr unfreundlich. »Sie hat mich eingeladen. Und sie mag es nicht, dass du sie Kaths nennst.«
»Ich nenne sie nicht Kaths. Ich nenne sie – ach, egal, du bist ein Simpel, der eh nichts versteht.«
Rike bibberte immer noch.
»Ich bin zwar ein Simpel, aber immerhin schon trocken, obwohl ich auch ins Wasser gefallen bin«, sagte Tom lässig.
Rike stand auf und kam auf ihn zu. Er hatte das schreckliche Gefühl, dass sie ihm gleich einen Faust-

hieb versetzen würde. Und dann würde er nicht wissen, was er machen sollte, weil sie ein Mädchen war und er, obwohl sie es verdient hätte, nicht zurückschlagen wollte. Aber in dem Moment fiel ein Schatten zwischen sie und die Straßenlaterne am Tor, und Gran kam auf einem vollkommen ruhig und glatt schwebenden Teppich herunter.

»Steig auf, Tom«, sagte sie. »Nein, du nicht, Rike. Damit du lernst, deine Zauberkräfte nicht zu missbrauchen, bleibst du hier. Tom und ich holen dich im Morgengrauen auf dem Rückflug hier wieder ab.«

»Was?«, schrie Rike. »Du machst wohl Witze!«

Ein Blick in Grans wütendes Gesicht verriet Tom, dass sie keineswegs Witze machte. Er war ja auch sauer auf Rike, die ihn allerdings schon hasste, seit er aufgetaucht war und sie Gran nicht für sich allein hatte. Das würde noch schlimmer werden, wenn sie bestraft wurde.

»Ach, Gran, meinst du nicht, das ist ein bisschen hart?«, sagte er. »Lass sie bitte mitkommen. Wir haben so wenig Zeit, Mum zu suchen, und brauchen jede Hilfe, die wir kriegen können.«

Rike bedachte ihn mit einem Blick, der fast dankbar zu nennen war.

»Das ist sehr großzügig von dir, Tom«, sagte Gran. »Gut, steig auf, Rike. Aber wehe, du benutzt noch einmal was aus meiner Werkstatt, ohne mich zu fragen. Verstanden?«

»Verstanden«, murmelte Rike.

»Jetzt haltet euch beide fest. Da wir schon so spät sind, habe ich den Teppich auf Superhochgeschwindigkeit eingestellt. Tom, mit dem Extrawach, das ich dir gegeben habe, sollte dir eigentlich nicht schlecht werden.«

Der Teppich flog wirklich unglaublich schnell. Tom hatte gar nicht das Gefühl, dass Zeit vergangen war, als er auf einmal sah, dass sie schon in Brinchester waren und über dem Garten hinter seinem Zuhause schwebten. Gran landete ganz am Ende des Gartens, wo man den Teppich vom Haus aus nicht sehen konnte, hinter dem Komposthaufen und den Bohnenstangen.

»Ich fange hier an und arbeite mich langsam an den Häusern auf dieser Seite der Straße entlang«, sagte sie. »Du, Tom, fängst bei den Nachbarn dort an und suchst in die andere Richtung. Und du nimmst dir die Gärten gegenüber vor, Rike. In drei Stunden treffen wir uns hier wieder am Teppich. Heute Nacht können wir nicht länger bleiben, denn dann fangen die Vögel an zu singen, und die Leute, die Frühschicht haben, stehen auf.«

Tom musste durch das Tor von der Straße aus in den Garten des Nachbarhauses gehen – die Löcher in der Hecke, durch die Henry kam und ging, waren viel zu klein für ihn. Dank des Extrawach konnte er in der Dunkelheit erstaunlich gut sehen. Aber was, wenn die Nachbarn ihn entdeckten? Was sagte er ihnen dann? Er zog seine Kapuze auf. Wie gut, dass er daran gedacht hatte, Grans Geschenk zu tragen. Es würde ihn nicht davor bewahren, gesehen zu werden, aber mit einem bisschen Glück würde man ihn nicht erkennen.

Die milde Nacht war voller Düfte, die Tom noch nie gerochen hatte. Am intensivsten waren sie in den Blumenbeeten, nur in der Mitte des Rasens im Nachbargarten roch es vollkommen anders als nach Gras. Natürlich, das war Henry in seinem Nachtquartier. Tom kniete sich hin und steckte die Nase in das niedrige Eingangsloch, atmete den Schildkrötengeruch tief ein und merkte ihn sich gut.

Toll! Jetzt, da er wusste, wie Schildkröten rochen, konnte er Mum finden, ohne unter jeden Busch

schauen und jedes Grasbüschel durchwühlen zu müssen.
Tom schnüffelte sich bis zum Ende der Straße durch, aber Schildkröte roch er nicht mehr. Auf der anderen Seite seiner Straße und dann noch jenseits einer breiten Allee lag der Park mit seinen unendlichen Rasenflächen, den vielen Sträuchern und Baumgruppen und den wohlgeordneten Blumenrabatten. Viel Futter für eine hungrige Schildkröte, viele Verstecke.
Aber er hatte keine Zeit mehr, mit der Suche im Park zu beginnen. Das wusste er auch, ohne auf die Uhr zu schauen, denn das Vogelgezwitscher hatte schon vor einer Weile als vereinzeltes Rufen von Baum zu Baum begonnen und erklang jetzt überall um ihn herum, fast sogar schrill, wie ein riesiges Orchester, das mit voller Lautstärke die Instrumente stimmt.
Er lief schnell zum Garten seines Zuhauses zurück und fand Gran schon abflugbereit hinter den Bohnenstangen.
»Wo ist Rike?«, fragte er. »Wir müssen los.«
»Wenn sie nicht in einer Minute da ist, müssen wir sie suchen«, sagte Gran. Doch sie hatte den Satz kaum

beendet, da erschnupperte Tom einen Hauch Schildkröte, und Rike kam über den Gartenpfad gelaufen. »Ich hab sie gefunden!«, rief sie. »Ich hab sie gefunden!«

8

»Psst!«, zischte Gran, zog Rike auf den Teppich, und sie flogen sofort los.

Toms Kopf fühlte sich an wie kurz vorm Platzen. Zuerst die vielen Geräusche und Gerüche. Und jetzt das. Nach sieben Jahren war Mum wieder da! Lebendig! Die Aufregung war unerträglich. Er streckte die Hand aus und berührte die Schildkröte vorsichtig am Panzer. Ihre Hand, das heißt ihren Fuß, konnte er genauso wenig halten wie in ihre Augen schauen, denn sie hatte sich tief in ihren Panzer zurückgezogen. Tom biss sich auf die Lippen und schluckte schwer. Was, wenn Gran den Zauber nicht rückgängig machen konnte? Was, wenn Mum für immer eine Schildkröte bleiben würde?

Gran drückte ihm die Hand und schalt gleichzeitig Rike. »Hör mal, wolltest du mit deinem Triumphgeschrei die ganze Straße wecken?«

»Ist das der Dank dafür, dass ich deine so lange verloren geglaubte Tochter gefunden habe?«, erwiderte Rike.

»Nein, natürlich nicht.« Gran umarmte sie. »Ich habe nicht zu hoffen gewagt, dass wir sie so schnell finden würden.«

Einen Moment lang quollen ihr Tränen aus den Augen, dann riss sie sich zusammen und sagte energisch: »Jetzt gib mir Annabel, bitte. Ich brauche bestimmt alle meine fortgeschrittenen Praktiker- und Spezialistenfähigkeiten, um sie wieder in ihr normales Ich zu verwandeln.«

Sie nahm die Schildkröte, küsste sie und steckte sie behutsam in eine ihrer Schürzentaschen.

»Was passiert jetzt?«, sagte Tom.

»Ich muss genau durchlesen, wie der Trank hergestellt wird, der die Verwandlung rückgängig macht. Du musst geduldig sein, Tom. Schnell geht das wahrscheinlich nicht.«

»Aber es dauert doch nicht länger als sechs Tage, oder? Das darf es nicht.«

»Ich weiß, Tom, ich weiß.«

Zehn Minuten später waren sie wieder in Olford.

»Frühstück«, sagte Rike, sobald Gran die Hintertür aufgeschlossen hatte.

»Mum zuerst.« Tom pflückte eine Handvoll Löwen-

zahnblätter, andere Pflanzen erkannte er in Grans Kräutergarten nicht.
Gran machte es der Schildkröte auf einer Unterlage aus zerschreddertem Zeitungspapier in einem Pappkarton bequem und stellte sie in eine Ecke der Küche. Dann schöpfte sie ein paar große Portionen Porridge aus einem Topf, der schon vor sich hin geköchelt hatte, als sie in die Küche gekommen waren. Tom mochte keinen schleimigen Haferbrei, aber er war ohnehin so aufgeregt, dass ihm, egal, was er aß, bestimmt speiübel wurde. Doch als er ein ganz kleines bisschen von der Löffelspitze leckte und es total lecker schmeckte, nahm er noch zweimal nach und war dann satt und müde.
»Was machen wir jetzt?«, sagte Rike.
»Ich muss sehr viel lesen und experimentieren«, sagte Gran. Sie hatte das Buch für Fortgeschrittene und Spezialisten aus dem anderen Zimmer geholt und schlug es auf den letzten Seiten auf. »Ihr beiden geht ins Bett – ihr müsst eine Nacht Schlaf nachholen.«
»Aber ich will helfen. Ich will dabei sein, wenn du … wenn Mum …«
»Ja, das versteh ich, Tom, und das wirst du auch. In den nächsten paar Stunden passiert aber nichts. Ich

muss das richtige Rezept und die erforderlichen Zutaten finden und diese dann mit äußerster Sorgfalt auf die korrekte Art und Weise zubereiten. Jetzt geht's um wahre Zauberkunst, keine, die in Büchern steht und bei der man nur mit dem Zauberstab wedeln muss. Du hast jede Menge Zeit zum Schlafen. Du musst leider in das kleine Zimmer über dem Korridor. Das größere Gästezimmer ist voll von dem Kram, den Rike dort aufbewahrt.«

Tom nahm seinen Rucksack. Vor dem Frühstück war er überhaupt nicht müde gewesen, doch jetzt konnte er kaum noch die Augen aufhalten. Es ging alles so schnell: Noch gestern hatte er keine Mutter gehabt und war kurz davor gewesen, von seiner wunderbaren Großmutter wegzulaufen! Jetzt aber konnte er nur an Schlaf denken.

»Mir egal, welches Zimmer, Hauptsache, es steht ein Bett darin«, sagte er.

Bevor er müde nach oben schlich, schaute er noch einmal in die Kiste. Die Schildkröte hatte den Kopf rausgestreckt und knabberte an einem Löwenzahnblatt.

»Gute Nacht, Mum«, flüsterte er.

Die Mittagszeit war schon lange vorüber, als Tom aufwachte, Sein erster Gedanke war Mum. Wie hatte er überhaupt so fest schlafen können? Er musste wissen, wie Gran vorankam. Als er aus dem Bett stieg, merkte er, dass die Wirkung des Extrawach noch nicht verflogen war. Das Tschilpen der Spatzen in der Dachrinne über seinem Fenster, die Autos, die unten über die Straße fuhren, die Toilettenspülung, die im Badezimmer auf der anderen Seite des Treppenabsatzes rauschte, alles war unangenehm laut. Auch als er sich wusch, toste das Wasser geradezu durch den Ausguss, und beim Hinuntergehen knarzte jede Stufe.
In der Küche rührte Rike in Grans großem Topf, aber die Kiste mit der Schildkröte war nicht mehr da.
»Was ist mit Mum?«, fragte Tom erschreckt. »Wo ist Gran?«
»Beide in der Werkstatt. Willst du was hiervon?«
Tom lief sofort zur Hintertür, aber Gran kam herein, bevor er dort war. Ihrer Miene konnte er ablesen, dass sie nichts Gutes zu berichten hatte.
»Was ist?«, fragte er. »Was ist passiert? Ist was schiefgelaufen? Ist sie …?«
Gran legte ihm beruhigend die Hand auf die Schulter. »Schon gut, Tom«, erwiderte sie. »So schlimm ist

es nicht. Es ist nur … also – unsere Schildkröte – ist nicht deine Mutter.«
Tom sackte auf den nächstbesten Stuhl. Einen Moment lang war es so still, dass man eine Stecknadel hätte fallen hören können. Rike fand als Erste ihre Stimme wieder.
»Aber was ist sie dann?«, fragte sie.
Gran zuckte die Schultern. »Ein ganz normales Tier, einhundert Prozent Schildkröte, null Prozent verwandelt.« Sie ging zum Spülbecken und wusch sich die Hände.
»Bist du sicher?«, fragte Tom niedergeschmettert. »Woran merkst du das?«
»Als ich nachgelesen habe, was es mit dem Verwandeln auf sich hat, merkte ich, dass ich die Kraft habe, ein Tier zu erkennen, das verwandelt ist. Tut mir leid, Tom. Glaub mir, ich bin genauso enttäuscht wie du. Aber wir suchen weiter. Sofort wenn es dunkel ist, fliegen wir wieder nach Brinchester.«
Tom schaute auf den Sekundenzeiger der Küchenuhr, der rasch seine Runden drehte. Es sah aus, als bewege er sich immer schneller. Eine ganze Nacht vertan. Die Zeit lief ihnen davon. Was, wenn sie Mum nicht fanden?

Gran schöpfte aus dem Topf auf dem Herd etwas in Schüsselchen. »Mittagessen«, sagte sie.
Toms superempfindliche Nase roch Regen und frisch gemähtes Gras, umgegrabene Erde und sonnenwarme Luft.
Trotz seiner Sorgen war er neugierig. »Was ist das?«
»Vier-Elemente-Suppe«, sagte Rike. »Du kannst ja was Simples essen, wenn du Angst hast zu probieren.«
Tom hörte gar nicht auf sie und nahm seinen Löffel. Die Suppe war cremig und voller Kräuter und Gewürze, die er nicht kannte. Jeder Löffel schmeckte anders und einer köstlicher als der andere. Sie waren gerade mit Essen fertig, und Gran gab ihnen eine Banane zum Nachtisch, da klingelte es an der Haustür.
»Wer kann das sein?« Gran schaute sich schnell in der Küche um. »Mach du bitte die Tür auf, Tom, und ich sorge unterdessen dafür, dass hier alles wie bei Simpeln aussieht.«
Die Banane in der Hand, ging Tom zur Haustür. Da Gran sie selten benutzte und normalerweise vom Garten aus durch die Hintertür ins Haus ging, dauerte es ein Weilchen, bis er den Sperrriegel aufgeschoben, aufgeschlossen und die Sicherheitskette ausgehängt hatte. Jede Menge Zeit, in der Gran alles, was ver-

dächtig war, verschwinden lassen konnte. Tom öffnete die Tür.

»Tach, junger Mann. Ist Mrs Clever-Best zu Hause?« Auf der Straße stand ein Polizist mit einem großen merkwürdigen Bündel, das er auf Armeslänge von sich weg hielt. Es war in Plastikfolie gewickelt, doch trotzdem kam stinkendes, schlammiges Wasser heraus und tropfte auf den Bürgersteig.

»Gran!« Tom sagte sich zwar, er müsse sich keine Sorgen machen, da Gran vollkommen daran gewöhnt war, den Eindruck zu vermitteln, dass alles simpel war, aber beim Anblick des Polizisten begann seine Stimme doch vor Aufregung zu kieksen.

»Was gibt's?« Eine von Grans Augenbrauen schoss vor Überraschung in die Höhe, als sie den Polizisten an der Tür sah. Doch sie hatte sie schnell wieder unter Kontrolle.

»Mrs Clever-Best? Soweit mir bekannt ist, reparieren Sie Orientteppiche. Als uns heute Morgen gemeldet wurde, dass auf dem Teich im Park etwas trieb, hat einer meiner Kollegen es herausgefischt, und es war dieser Teppich. Wir dachten, vielleicht ist er wertvoll und gestohlen und aus irgendeinem Grund weggeworfen worden. Und dann dachten wir, wir könnten Sie mal

fragen, ob es einer ist, den Sie repariert haben. Wenn ja, können Sie uns vielleicht den Besitzer nennen.«
»Ach, du lieber Himmel«, sagte Gran. »Im Teich, sagen Sie. Wie eigenartig. Aber bringen Sie ihn ruhig durch den Seitendurchgang in meine Werkstatt.«
Gran ging mit dem Polizisten durch den Torbogen auf den Hof. Tom schloss die Haustür und lief schnell in die Küche zurück.
»Was ist denn los, Simpel-Tom?«, sagte Rike, den Mund voll Banane.
Dass Rike ihn nun wieder Simpel nannte, machte ihn wütend. Tom hatte sich immer Cousins und Cousinen gewünscht, aber so eine nicht. Und da Rike auch in Brinchester wohnte und sie vielleicht noch in dasselbe Gymnasium kamen, war es höchste Zeit, ihr eine Lektion zu erteilen.
»Die Polizei ist da. Sie suchen jemanden im Zusammenhang mit Gefährdung des Straßenverkehrs, Rike, du Friedensreiche. Letzte Nacht gab es offenbar einen fiesen Unfall.«
»Dann sind sie im falschen Haus. Grans Auto ist seit Urzeiten nicht aus der Garage rausgekommen.«
»Es war kein Autounfall. Der Polizist hat das Wrack mitgebracht. Es ist dein Teppich.«

»Was?« Jetzt wurde Rike blass. Schnell liefen beide über den Hof. Tom verbiss sich ein Grinsen.
Der Polizist rollte gerade den Teppich auseinander, als sie in die Werkstatt stürzten.
»Irgendein ein Idiot muss ihn in den Teich geschmissen haben«, rief Rike. »Dorthin geflogen ist er ja wohl nicht.«
Gran schaute sie entsetzt an.
Der Polizist brach in schallendes Gelächter aus. »Nein«, sagte er. »Eine solche Erklärung können wir gewiss ausschließen.«
»Sie müssen meine Enkeltochter entschuldigen, Herr Polizist«, sagte Gran. »Sie hat eine lebhafte Phantasie und liest zu viele Bücher. Ja, ich glaube, ich kenne diesen Teppich. Er gehört sogar mir. Als ich neulich welche auf einer Antiquitätenmesse zum Verkauf angeboten habe, habe ich einen verloren.«
»Haben Sie ihn als gestohlen gemeldet, meine Dame?«
»Nein, ich dachte, ich hätte ihn verlegt.«
»Alles klar, wenn er ihnen gehört, brauchen wir ihn nicht in unserer Asservatenkammer für verlorenes und gestohlenes Eigentum aufzubewahren.«
Der Polizist richtete sich zu seiner vollen Größe auf

und schaute sich in der Werkstatt um. Auch Tom schaute sich um. Zum ersten Mal sah er, wo Gran ihre Tränke braute und ihre Teppiche ausbesserte. Sieben oder acht lehnten aufgerollt an der Wand. Einer war zur Reparatur auf einer Werkbank ausgebreitet. Es gab ein großes Waschbecken und mehrere Eimer und an der hinteren Wand Regale voller Glasbehälter, Flaschen und Schachteln. Unter der Decke hingen Kräuterbündel zum Trocknen an Haken.

Der Polizist schnüffelte an den Kräutern. »Freut mich, feststellen zu können, dass es sich hier nicht um verbotene Hanfpflanzen handelt.« Dann erblickte er den Pappkarton.

»Hallo«, sagte er. »Wen haben wir denn da? Diese Schildkröte, meine Dame, ist die rechtmäßig hier?«

9 Tom und Rike schauten erst einander an und dann Gran. Stehlen wollten sie diese Schildkröte ja keinesfalls. Aber wie um alles in der Welt würde Gran das jetzt erklären?

»Rechtmäßig?«, sagte sie, und während sie wie zufällig zwischen den Polizisten und den Karton trat, angelte sie was aus einer der Schürzentaschen. »Wie meinen Sie das, bitte?«

»Ich meine, ob die Schildkröte von einem zugelassenen Züchter stammt? Können Sie beweisen, dass die Schildkröte nicht in der Wildnis gefangen und ins Land geschmuggelt worden ist?«

Wir müssen ihm erklären, dass sie uns nicht gehört, dachte Tom. Wir müssen sagen, wir hätten sie von einem Freund in Pflege oder so was. »Sie ist …«

»… keine Schildkröte«, sagte Gran schneller als er. Sie nahm die Hand aus der Tasche und streckte sie hinter ihrem Rücken aus. Tom kitzelte es in der Nase, denn plötzlich kamen zu den bisherigen Gerüchen in dem kleinen Schuppen noch weitere dazu.

»Ach nein, meine Dame?«, sagte der Polizist. »Was ist es denn?«
»Es ist ein« – Gran drehte sich um und schaute in den Karton – »ein Igel.«
Tom und Rike rissen die Augen auf und warfen sich einen überraschten Blick zu. Dann schauten sie auch in den Karton. Der Polizist ebenfalls. Zwei blanke Äuglein funkelten sie an. Der Polizist langte nach dem Tierchen und wollte es aufheben, aber es rollte sich sofort zu einer kleinen stachligen Kugel zusammen.
»Von einem Auto angefahren«, sagte Gran und steckte die Hand wieder in die Tasche. »Ich pflege ihn gesund.«
»Da brat mir einer 'n Storch«, sagte der Polizist. »Ich hätte geschworen, es wäre eine Schildkröte. Jetzt muss ich wohl besser mal meine Augen kontrollieren lassen. Gut denn, ich muss wieder los. Danke für Ihre Hilfe mit dem Teppich.« Er stapfte durch den Hof und den Durchgang zurück zur Straße.
»Wie hast du das gemacht?«, sagte Tom, kaum dass er außer Hörweite war.
Gran zog eine kleine flache Flasche hervor.
»Ein Verwandlungstrank für Kleintiere«, sagte sie.

»Das Problem war nur, dass ich ihn noch nie für ein so großes Tier wie die Schildkröte benutzt habe und deshalb nicht wusste, was passieren würde. Gott sei Dank hat sie sich in etwas verwandelt, das ungefähr so groß ist wie sie und ihre Gestalt und Farbe hat. Wenn sie sich zum Beispiel in einen hellgrünen Papagei verwandelt hätte, wäre das ein bisschen schwerer zu erklären gewesen.«

Rike kicherte. »Oje, dann hätte sich der Polizist nicht nur um seine Sehfähigkeit gesorgt, sondern bestimmt Angst gehabt, er hätte den Verstand verloren.«

»Aber du, meine junge Dame, was um Himmels willen hast du dir dabei gedacht, den Polizisten auf die Idee mit dem fliegenden Teppich zu bringen?«, sagte Gran.

Rike hörte sofort auf zu kichern. »Tom war schuld«, sagte sie. »Er hat mir erzählt, die Polizei wäre gekommen, um mich wegen des Unfalls zu verhaften.«

»Und du hast ihm geglaubt? Wenn du auch nur eine Minute nachgedacht hättest, nur eine Sekunde, hättest du gemerkt, dass das ein Witz war! Du musst lernen zu denken, Rike.«

Rike warf Tom einen bösen Blick zu. Er wechselte schnell das Thema.

»Was passiert jetzt, Gran?«, fragte er. »Ich meine, kannst du den Igel wieder in eine Schildkröte zurückverwandeln?« Er schaute in den Karton. Der kleine Gesell hatte sich auseinandergerollt und schnüffelte an seinem Zeitungspapierbett herum. Er sah ein wenig verschwommen aus, wie ein unscharfes Foto. Einen Augenblick lang dachte Tom, dass seine Portion Extrawach an Wirkung nachließ, aber alles andere sah er immer noch sehr hell und deutlich.

»Das sollte ziemlich leicht sein, denn ich muss ja nur die Wirkung eines meiner eigenen Tränke rückgängig machen. Ich schaue mal in das Rezept.« Gran ging mit ihnen zurück ins Haus. »Ihr zwei solltet noch ein bisschen schlafen. Wir fliegen – auf dem richtigen Teppich, Rike – heute Abend pünktlich ab und haben eine lange Nacht und eine anstrengende Suche vor uns.«

»Schlafen kann ich jetzt auf keinen Fall.« Tom tigerte rastlos in der Küche hin und her. »Müssen wir wirklich bis zum Dunkelwerden warten, bis wir die Suche nach Mum wiederaufnehmen können? Wir haben nur noch fünfeinhalb Tage! Kannst du uns nicht unsichtbar machen oder so was?«

»Könnte ich vielleicht, Tom, aber ich wage es nicht. Die Wirkungen meines Unsichtbarkeitstranks sind nicht sehr zuverlässig, und ich kann es nicht riskieren, dass einer von uns plötzlich im Gemüsebeet eines armen verschreckten Menschen wieder sichtbar wird. Wenn du wirklich nicht ins Bett willst, setz dich ruhig hier hin und schau dir das an.«

Gran holte das grüne Buch vom Regal.

»Was ist das für eins?«

»Eine Einführung ins Zaubereralphabet. Wenn du das lernst, kannst du die Bücher mit der alten Kunde bald genauso gut lesen wie ich.«

»Haha«, sagte Rike. »Vielleicht in fünfzig Jahren. Ich lerne es schon seit sieben Jahren und bin noch nicht mal halb durch.«

»Was ist mit dir, Rike?«, sagte Gran. »Gehst du noch mal ins Bett, oder willst du auch ein Buch?«

»Natürlich lege ich mich nicht mehr hin«, sagte Rike. »Ich brauche weniger Schlaf als Tom, weil ich mehr Zauberkräfte besitze.«

»Ich kann dir aber heute Nachmittag nicht beim Thema Zauberformeln helfen, ich muss mich um den Igel kümmern. Beziehungsweise noch mehr übers Verwandeln herausfinden, damit ich alles Nötige

weiß, wenn wir Annabel dieses Mal tatsächlich finden.«
»Ja, ja, alles klar«, blaffte Rike. »Dann übe ich eben allein für Stufe drei.«
Gran hob verwundert die Augenbrauen, sagte aber kein Wort.
Kaum war sie in der Werkstatt verschwunden, fing Rike an herumzuwuseln – in den roten Büchern las sie nicht. Sie schüttete den Rest der Suppe aus dem großen Topf weg und wusch ihn aus. Dann holte sie allerlei Sachen aus den Küchenschränken und warf sie in den Topf. Weißen Zucker, braunen Zucker, Muskat, Ingwer, Zimt, Nelken …
Tom, der mit dem grünen Buch am Küchentisch saß, konnte sich überhaupt nicht konzentrieren. »Backst du einen Kuchen?«, fragte er.
»Quatsch, Simpel-Tom. Ich mache einen Zaubertrank.«
»Einen Zaubertrank? Was für einen?«
»Meinen persönlichen Powertrank. Ich nehme jeden Tag einen Teelöffel voll, aber jetzt ist er alle. Gran gibt uns heute Abend wieder Extrawach, aber ich habe mehr Power, wenn ich auch noch was von meinem eigenen Trank nehme.«

»Gibt sie uns wirklich noch mehr Extrawach?«
»Natürlich. Sie will doch, dass unsere Sinne heute Nacht genauso hellwach sind wie gestern Nacht.«
»Aber sind deine Sinne nicht noch von der Dosis von gestern hellwach?« Tom war überrascht. Auch der Geruch all der Gewürze, die Rike in den Topf kippte, machte ihm zu schaffen.
»Nein.« Sie schaute ihn scharf an. »Deine etwa?«
»Nein«, sagte Tom schnell. »Aber ich dachte, deine wären es, weil du eine Dreiviertelblütlerin bist.«
»So funktioniert Zauberkraft nicht.«
»Ah, verstehe«, sagte Tom, obwohl er es nicht verstand. Rikes persönlicher Powertrank hatte ihr wahrscheinlich geholfen, gestern Nacht die Schildkröte zu finden. Wenn er auch so eine starke Zauberkraft hätte wie sie, würde er vielleicht heute Nacht eine Schildkröte finden – und zwar die richtige. »Kann ich auch einen Tropfen von deinem Trank haben, wenn er fertig ist?«, fragte er.
Rike lachte. »Nein, der wirkt bei dir nicht«, sagte sie. »Es ist der Trank für Mädchen. Zucker und Gewürze und lauter süße Sachen. Du musst dir schon einen für Jungs machen. Aus Nacktschnecken, roten und grauen, und Hundeschwänzchen.«

10

»Das meinst du doch jetzt nicht ernst!«, schnaubte Tom.

»Doch, todernst, ehrlich. Was macht kleine Jungs stark? Nacktschnecken, rote und graue, und Hundeschwänzchen …«

»*Das* ist Quatsch. Und kein Rezept für einen Zaubertrank.«

»Simpel nennen es Quatsch, aber woher kommt es in Wirklichkeit? Aus der Zauberkunde, Zweites Buch. Wenn du willst, kannst du es nachlesen. Ach nein, daran hab ich ja gar nicht gedacht: Du kannst das Alphabet ja noch gar nicht.«

Rike holte eines der kleinen roten Bücher vom Regal und warf einen kurzen Blick hinein. Dann ging sie zum Spülbecken, maß genau 107 Milliliter Wasser ab und goss es zu dem Gemisch im Topf.

»Das muss ich exakt auf 107 Grad erhitzen«, sagte sie, holte ein Thermometer, das aussah wie das, das Dad zum Marmeladenkochen benutzte, und hängte es an den Topfrand.

Tom stand auf und schaute in den Topf. »Ich kann den Zucker und die Gewürze sehen«, sagte er, »aber was ist mit all den süßen Sachen?« So genau war das Rezept offenbar nicht.

»All die süßen Sachen bedeutet, dass ich alles, was ich gerade mag, hinzufügen kann. Heute tue ich Smarties und Gummibärchen rein« – sie schaute sich in der Küche um – »sowie etwas Erdbeerjoghurt und eine Banane. Je mehr süße Sachen ich hinzufüge, desto stärker ist der Trank.«

»Ich verstehe nicht, wodurch der Zauber reinkommt«, sagte Tom. »Die Zutaten kann doch jeder im Supermarkt kaufen.«

»Natürlich, du hast vollkommen recht. Danke, dass du mich erinnert hast!« Rike schoss in den Hof und kam mit einer Handvoll Blätter wieder, die sie direkt in den Topf warf. »Willst du ausprobieren, ob du das Gas mit Fingerzauberkraft für mich anzünden kannst?«

Kaum hatte sie das gesagt, spürte Tom ein Kitzeln im Mittelfinger seiner rechten Hand. Er könnte es anzünden, davon war er überzeugt. Aber würde es Rike gefallen, wenn er es konnte? War das etwas, das sie einem Viertelblütler zugestand?

»Ich versuch's mal lieber nicht«, sagte er. »Ich will nicht, dass mit deinem Trank was schiefgeht.«
Rike grinste. Aha, das war die richtige Antwort. Seine Cousine rollte ihren rechten Ärmel auf und wedelte ein bisschen mit der Hand, stellte sich aber zwischen ihn und die Herdplatte. Dann hörte er ein Knistern, das genauso klang, wie wenn bei ihm zu Hause das Gas auf dem Herd automatisch angezündet wurde. Rike wollte also auch nicht riskieren, dass etwas schiefging, jedenfalls nicht, wenn Tom dabei war.
»Wann und wozu trinkst du denn deinen Trank?«, fragte er.
»Ich nehme einen Teelöffel am Tag. Ich tauche einen Finger in den Löffel, reibe mir ein bisschen in die Haut direkt über der Nase und auf den Nacken, und den Rest trinke ich.«
Sie trank ihn! Tom merkte, wie ihm reichlich flau im Magen wurde.
Aber schon schlug Rike ihm vor: »Such die Zutaten zusammen, und dann kannst du deinen Trank brauen, sobald ich den Topf nicht mehr brauche.«
»Hat Gran rote und graue Nacktschnecken im Schrank?«

Rike lachte wieder. Plötzlich wirkte sie viel freundlicher. »Nicht im Schrank, im Hof. Sie braucht sie natürlich nicht selbst, sammelt sie aber für meinen Dad. Sie hat bestimmt nichts dagegen, wenn du dir welche nimmst. Sie sind unter einem Eimer in der Ecke bei der Regentonne.«

Tom ging hinaus. Erst war er überzeugt gewesen, dass Rike ihn an der Nase herumführte, aber als sie mit solcher Sorgfalt ihr Rezept befolgt hatte und so genau über Powertränke für Mädchen und Jungen Bescheid wusste, war sein Misstrauen so gut wie verflogen. Da er seinem Vater oft im Garten half, wusste er, dass Schnecken abends oder nach Regengüssen rauskommen. Wenn Gran an einem warmen, trockenen Tag wirklich eine Sammlung roter und grauer Nacktschnecken fertig zum Gebrauch hatte, dann war die Sache klar.

Die Regentonne stand an der hinteren Wand der Werkstatt, wo der Regen vom Dach hineinfloss. Der Hahn tropfte, und weil Gran auch ein paar alte Bohlen daneben an die Tonne gestellt hatte, war der Boden darunter feucht und dunkel. Ein Eimer stand verkehrt herum ein bisschen schief auf einem halben Ziegelstein. Tom hob den Eimer hoch und lugte darunter. Nacktschnecken, so viele das Herz begehrte!

Er stellte den Eimer richtig herum und legte ein paar hinein. Seine Sinne waren immer noch besonders empfindlich. Alles, was er anfasste, fühlte sich entweder heißer oder kälter, weicher oder härter an, als er erwartete. Die Nacktschnecken würden sich wahrscheinlich schleimiger anfühlen.

Er war überrascht. Die roten waren ein wenig feucht, aber die kleinen grauen waren nicht so sehr glitschig als vielmehr klebrig. Es war leicht, sie aufzuheben, aber schwer, sie wieder loszuwerden. Endlich hatte er alle im Eimer. Dann erinnerte er sich an den Rest der Zauberformel. Hundeschwänzchen! Das Rezept war ganz schön anspruchsvoll. Als er zurück in die Küche kam, goss Rike braune Pampe aus dem Topf in einen Krug. »Manno, wo krieg ich bloß Hundeschwänzchen her?«, fragte Tom.

Rike schaute in den Eimer und kicherte. »Äh, ähm, du brauchst gar keine ganzen Schwänze, nur ein paar Schwanzhaare. Ich besorge dir welche – ich weiß, wo Gran sie aufbewahrt. Du musst aber den Rest meines Tranks aus dem Topf ausspülen, bevor du ihn für deinen gebrauchen kannst.«

Der klebrige Topf wurde sofort sauber, als Tom ihn mit einer Spülbürste bearbeitete. Es war derselbe Topf, in dem das heiße Porridge gewesen war, als sie bei Tagesanbruch zurückgekommen waren. Tom kam allmählich zu der Überzeugung, dass der Topf wichtiger war als die Zutaten.

»Du hast ihn schon sauber?« Rike brachte ihm eine Handvoll glattes schwarzes Haar. Sie klang überrascht. Oder etwa misstrauisch?

Wird der Topf bei ihr nicht so leicht sauber? »Ich bin ein geübter Abwascher«, sagte Tom schnell.

»Offensichtlich.« Rike warf die Haare in den Topf. »Und hier ist die Zauberzutat«, sagte sie und gab verschiedene Blätter und Blüten hinterher. »Jetzt musst du nur noch die Nacktschnecken hineintun und einen halben Liter kochendes Wasser hinzufügen. Unter Rühren lässt du das aufkochen und sieben Minuten lang vor sich hin köcheln.«

Als das Gebräu kochte, kam ein Gestank heraus, wie Tom noch nie welchen gerochen hatte. Unvorstellbar, wie irgendjemand einen ganzen Teelöffel voll von dem Zeugs schlucken konnte.

»Rike«, sagte er, »weißt du genau, dass das hier …«

Die Hintertür flog auf, und Gran kam hereingestürzt.

»Was machst du, Rike?«, sagte sie. »Aus der Küche kommt ja ein grauenvoller Gestank – Tom? Meine, Güte, was machst du da?«

11

Rike verdrückte sich im Eiltempo durch die Hintertür, als Gran den Topf vom Gas riss.

»Meine Schnecken!«, rief Gran. »Du hast sie getötet! Was um alles in der Welt machst du da?«

»Meinen persönlichen Powertrank«, sagte Tom schuldbewusst. »Tut mir leid, Rike meinte, du hättest nichts dagegen, aber ich hätte dich erst fragen sollen.«

»Ooooh«, sagte Gran langsam. »Allmählich begreife ich was. Der Schmier in diesem Krug ist wohl Rikes persönlicher Powertrank.«

»Ja. Ihrer ist aber echt, oder?«

»Tom«, Gran nahm ihn bei den Schultern, drehte ihn sanft zu sich um und schaute ihm ins Gesicht, »es gibt keinen persönlichen Powertrank.«

»Oh.« Tom wurde so rot wie sein Haar. Rike hatte ihn von hinten bis vorn zum Narren gehalten. Und am schlimmsten war, dass er anfangs ja noch vermutet hatte, dass sie Unsinn erzählte. Aber dann hatte er sich irgendwie von ihr bequatschen lassen.

Gran schnupperte an dem Zeug in dem Krug, das angeblich Rikes Trank war. »Zucker und Gewürze«, sagte sie und dann mit einem Blick auf die Schnecken. »O nein, Tom, sag mir nicht, Rike hat dir gesagt, du müsstest Hundeschwänzchen …« Sie kicherte. »Aber woher wolltest du sie dir denn besorgen?«

»Sie hat gesagt, es reichten auch Haare.«

»Und hast du welche gefunden?«

»Rike hat sie aus deinen Vorräten geholt. Entschuldige, ich weiß, dass du ihr verboten hast, was von deinen Sachen zu nehmen, aber ich brauchte für meinen Trank alle richtigen Zutaten. Ich dachte, der Trank würde mir helfen, Mum zu finden.«

»Ach, Tom!« Gran umarmte ihn. »Du brauchst dich nicht zu entschuldigen.« Sie ging zur Tür. »Friederike Clever-Best, steig sofort da runter!«

Tom rannte zur Tür, um zu sehen, was Rike jetzt schon wieder im Schilde führte. Sie hatte Grans fliegenden Teppich aus der Werkstatt geholt und versuchte angestrengt, ihn zum Aufsteigen zu bringen.

Gran marschierte mit raschen Schritten zu Rike. »Was soll das nun schon wieder, Kind? Willst du am helllichten Tage mit dem Teppich fliegen? Was, wenn die Nachbarn dich sehen? Runter da!« Sie packte den

Teppich am Rand und zog ihn unter ihrer Enkelin weg, die über den Hof kullerte.

»Du hättest mich auch nett bitten können abzusteigen«, sagte Rike und rieb sich die Stellen, auf die sie gefallen war.

»Ich werde nett, wenn du nett wirst. Und zwar zu allen. Auch zu Tom.«

»Ich wollte mich nur revanchieren. Er hat mich zuerst reingelegt. Mit dem Polizisten und dem Teppich. Aber ich habe ihm doch nur einen kleinen Streich gespielt. Wenn er nicht so dumm wäre, wäre er nie darauf reingefallen.«

»Tom ist nicht dumm«, sagte Gran. »Er weiß nur noch nicht, was man mit Zauberkraft machen kann und was nicht. Also wirklich, persönlicher Powertrank! Und was hast du mit deinem Haar angestellt. Schau, Tom, das ist dein Hundeschwänzchen!«

Rike hat recht, dachte Tom, ich bin dumm.

Gran zog Rike auf die Füße. »Rike, du bleibst von jetzt an auf dem Boden. Buchstäblich. Bis du lernst, dich zu benehmen, fliegst du nicht mehr.«

»Und wie suchen wir Tante Annabel?«

»Wir sowieso nicht. Du kommst nicht mit.«

»Das ist nicht fair. Ich hab dir gesagt, dass Tom angefangen hat. Außerdem braucht ihr mich. Schließlich war ich diejenige, die sie gestern Nacht beinahe gefunden hat.«

»Du hast sie kein bisschen gefunden, du dummes Ding. Die falsche Schildkröte zu finden ist keinen Deut besser, als gar keine zu finden.«

»Ich bin nicht dumm! Ich bin dreimal so schlau wie dein heißgeliebter Tom. Du hättest dieses Wochenende mit mir üben und nicht auf die Suche nach Simpel-Toms Simpel-Mutter gehen sollen.«

Es ist meine Schuld, dachte Tom. Meinetwegen hat Rike so schlechte Laune, heckt gemeine Streiche aus und wird ausgeschimpft. Alles nur, weil ich hier am Wochenende aufgetaucht bin und sie ihre Übungsstunden nicht bekommt.

»Ich will gar nicht weiter stören«, sagte er. »Gran soll bloß meine Mutter finden, und dann gehe ich und komme nie wieder.«

Gran rollte ihren Teppich zusammen und klemmte ihn unter den Arm. Sie legte den anderen Arm um Tom und führte ihn ins Haus zurück. »Das will ich nie wieder hören, Tom Bryant«, sagte sie. »Du bist genauso mein Fleisch und Blut und gehörst zu meinem Leben wie Rike. Sie muss teilen lernen.

Jetzt lass uns was zu essen zaubern. Was isst du am liebsten?«
»Fisch und Chips«, sagte Tom.
»Rike auch.«
Gran streute einen Löffel grünes Pulver und einen Tropfen von einer Flüssigkeit auf die unglücklichen Nacktschnecken. »Rühr das bitte für mich um«, sagte sie zu Tom.
Als der sah, was sie machte, wurde ihm schlecht. Die Vorstellung, einen Teelöffel voll von seinem persönlichen Powergepansche zu sich zu nehmen, war schon schlimm genug gewesen, aber jetzt wollte Gran anscheinend, dass er einen ganzen Teller davon aß!
»Gran, wenn die Schnecken nicht für einen Zaubertrank sind, wofür sammelst du sie dann?«, fragte er, schluckte das Ekelgefühl herunter und dachte nur an Fisch und Chips.
»Damit sie nicht meine kostbaren Kräuter fressen. Und wenn ich sie gesammelt habe, beträufle ich sie mit dem Verwandlungstrank, den ich bei der Schildkröte angewendet habe.«
»Wow, worein verwandelst du sie denn?«
»In nützliche Gartentiere – Regenwürmer, Bienen, Marienkäfer zum Beispiel.« Gran schaute in den Topf.

»Ich glaube, du kannst aufhören zu rühren, Tom, das ist sicher jetzt fertig.«

Auf einmal war Tom gar nicht mehr schlecht, im Gegenteil, er hatte Hunger, denn plötzlich erfüllte der köstlichste fischig-chippige Duft die Küche. Er nahm den Löffel aus dem Topf, aber der Inhalt war unter einer Dampfwolke verborgen. Als die allmählich verflog, sah er einen großen Berg Chips mit drei goldgelb knusprig frittierten Fischfilets.

»Wow!«, sagte er. »Ein Wunder!«

»Nein, nur ein Zauber!« Gran verteilte den Fisch und die Chips auf drei Teller und fügte einen Klacks Tomatenketchup hinzu, das sie aus Rikes Powermus gezaubert hatte. »Sag Rike bitte, sie soll reinkommen.«

Tom ging zur Tür, kehrte aber wieder um. »Gran, du willst sie doch nicht wirklich hier zu Hause lassen, wenn wir heute Nacht nach Brinchester fliegen? Sie hasst mich sowieso schon. Wenn du sie jetzt bestrafst, weil sie mir einen Streich gespielt hat, hasst sie mich nur noch mehr. Und es ist kein schönes Gefühl, wenn man gehasst wird.«

»Tut mir leid, es war ein Fehler, euch beide am selben Wochenende hierher einzuladen.«

»Aber wenn wir Mum finden, hat es sich doch gelohnt.«
»Ja. Hoffen wir, dass wir heute Nacht mehr Glück haben. Erinnere mich daran, dass ich euch vor dem Abflug noch einen Tropfen Extrawach gebe.«
»O nein, bitte nicht! Oder noch nicht. Ich will nicht, dass meine Sinne noch mehr geschärft sind als jetzt schon.«
Gran schaute ihn überrascht an. »Habe ich dir zu viel gegeben? War es dir gestern Nacht unangenehm?«
»Es ist immer noch unangenehm«, erwiderte Tom. »Alles ist wahnsinnig laut und hell und riecht stark und …«
»Wirklich? Wahrscheinlich hast du nicht genug Schlaf bekommen. Du musst direkt nach dem Abendessen noch mal ins Bett. Ich wecke dich, wenn es dunkel genug zum Abfliegen ist. Jetzt geh und sag Rike, das Abendessen ist fertig und sie kann doch mit uns kommen.«

12

»Ich weiß, dass wir um Mitternacht losfliegen müssen«, sagte Tom, als sie ihren Fisch und die Chips und zum Nachtisch Grießbrei mit Kirschen gegessen hatten. »Aber ich fühle mich trotzdem nicht so, als könnte ich jetzt schlafen.«
»Ich auch nicht«, sagte Rike. »Wir brauchen von deinem Schläfrigmach-Tee, Kaths.«
»Nein, was ihr beide braucht, ist ein Entspannungsbad. Rike, du benutzt am besten das normale Simpel-Badezimmer oben im ersten Stock. Tom darf die Zauberwanne nehmen, denn er hat noch nie darin gebadet. Geh in dein Schlafzimmer, Tom.«
Eine Zauberwanne? Wenn die auch nur annähernd so gut war wie die Zauberkuchendose und der Zaubertopf, würde sie sehr gut sein. Tom rannte nach oben. Da stand sie schon, eine altmodische Badewanne mit vier Löwenfüßen, am einen Ende höher als am anderen und aus glänzendem Kupfer. An den Außenwänden waren lauter bunte emaillierte Zeichen aus dem Zaubereralphabet.

Gran, die ihm nachgekommen war, sagte: »Die brauchst du.« Und gab ihm aus einer ihrer Schürzentaschen ein großes flauschiges Handtuch und eine kleine Flasche. Tom dachte, es wäre Shampoo.
»Ich brauche auch Wasser«, erinnerte er Gran. Die Wanne war weder an Rohre angeschlossen, noch hatte sie einen Wasserhahn.
Gran lächelte. »Gieß die Flüssigkeit aus dem Fläschchen in die Wanne und rühr sie mit der linken Hand um«, sagte sie. »Und schlaf gut – ich wecke dich um Mitternacht.«
Beim Weggehen schloss sie leise hinter sich die Tür. Tom entleerte die Flasche in die Wanne und rührte mit den Fingerspitzen der linken Hand in dem entstandenen Pfützchen. Sofort füllte sich die Wanne mit dampfendem Wasser und buntem Schaum, der nach frisch gemähtem Gras duftete. Tom zog sich aus und sprang hinein.
In so einem herrlichen Bad hatte er noch nie gelegen. Die Wanne sah eigentlich ziemlich kurz aus, doch es war so viel Platz darin, dass er sich ganz ausstrecken konnte. Und obwohl er Ewigkeiten darin blieb, kühlte das Wasser kein bisschen ab. All seine Sorgen lösten sich in dem Zauberschaum auf, und mit je-

dem platzenden Bläschen merkte er, dass er langsam ruhiger wurde. Als er schließlich in Gefahr war einzuschlafen, stieg er aus der Wanne, wickelte sich in das Handtuch und kroch ins Bett.

Als Nächstes merkte er, wie Gran ihn sanft schüttelte. »Wach auf, Tom. Es ist Mitternacht, Zeit aufzustehen und loszufliegen. Wie geht es dir jetzt?«
Die Badewanne war verschwunden, und das Handtuch hatte sich in einen Schlafanzug verwandelt.
»Gut. Hast du ein Schlafmittel in den Badeschaum getan?«
»Nur einen Tropfen, damit du das Extrawach loswurdest.«
Tom schniefte. Der Raum war voller Gerüche. Möbelpolitur, alte Bücher, Staub, seine Turnschuhe auf dem Boden am Bett, all das hätte er normalerweise gar nicht gerochen. »Es hat nicht gewirkt«, sagte er. »Ich meine, ich habe gut geschlafen, aber …«
»Deine Sinne sind immer noch besonders geschärft?«
»Ja. Wann lässt die Wirkung nach? Du hast von ein paar Stunden gesprochen.«
»Tom, ich glaube, sie lässt erst mal überhaupt nicht

nach. Ich habe noch nie erlebt, dass sie bei jemandem so lange anhält.«

»O nein! Finde ich jetzt für immer alles zu laut und zu hell?«

»Nein, keine Bange. Alles bleibt laut und hell, aber du gewöhnst dich dran, und es tut auch nicht mehr weh. Es kommt dir dann normal vor.«

»Puuh! Gott sei Dank. Aber warum lässt die Wirkung meines Extrawach nicht nach? Bei Rike war es doch so.«

Gran setzte sich auf die Bettkante. »Ich glaube nicht, dass du die direkten Wirkungen von Extrawach noch spürst. Ich glaube, es hat deine eigene, angeborene Kraft geweckt.«

»Was?«

»Tom, ich habe den starken Verdacht, dass du zwar nur ein Viertelblütler bist, aber über ebenso viel Zauberkraft verfügst wie ich.«

»So viel wie du?« Tom war baff.

»Mindestens«, sagte Gran. »Ich glaube …«

»Los, kommt, ihr beiden!« Rike platzte ins Zimmer. »Ich dachte, wir hätten es eilig.«

»Haben wir auch.« Gran stand auf.

»Erzähl ihr das nicht von meiner Zauberkraft!«, flüsterte Tom Gran schnell zu. Rike würde ihn für immer und ewig hassen, wenn sie erfuhr, dass er vielleicht mehr Zauberkraft hatte als sie.

»Was tuschelt ihr beiden da zusammen?«

»Wir tuscheln nicht.« Gran stand auf. »Ich habe Tom nur geweckt. Du hast recht, wir müssen los.«

Als Tom angezogen war, saßen Gran und Rike schon auf dem Teppich im Hof. Zwischen ihnen stand ein Pappkarton. Tom kniete sich daneben und spähte hinein.

»Es ist ja immer noch ein Igel!« Er schaute Gran besorgt an. »Es ist dir nicht gelungen, ihn zurückzuverwandeln! Was nützt es dann, Mum zu finden, wenn du sie nicht zurückverwandeln kannst? Ich will meine Mum und kein Haustier. Keine Schildkröte!«

Gran drückte Tom beschwichtigend die Hand. »Keine Panik, lieber Tom. Ich habe das richtige Rezept gefunden, aber mir fehlt eine Prise Poko, eine besondere Zutat, die ich aus dem Ausland besorgen muss. Wir brauchen auch welches für Annabels Trank, aber darüber machen wir uns Gedanken, wenn wir sie gefunden haben.«

»Warum nehmen wir das Tier denn mit zurück«, fragte Rike, »wenn es noch ein Igel ist?«

»Der wird in einem großen Garten glücklicher als in meinem kleinen Hof.« Gran stellte den Zeiger auf ihrer Steuerwählscheibe ein und rief: »Auf, auf und davon!«

»Aber was denken die Besitzer, wenn sie einen Igel statt ihrer Schildkröte finden?«, sagte Tom, als sie in Richtung Brinchester rasten.

»Gar nichts, Tom. Igel laufen in allen Gärten herum. Und Schildkröten wandern – wie Henry – in andere Gärten.«

»Gran«, sagte Tom. »Was meinst du, wie sich die Schildkröte fühlt? Ich überlege, ob sie wohl weiß, dass sie jetzt ein Igel ist? Oder fühlt sie sich genauso wie sonst auch?«

»Manno, du stellst komische Fragen, Simpel-Tom«, sagte Rike.

»Ich will nur wissen, wie sich Mum wohl fühlt«, sagte Tom. »Ist sie zufrieden, dass sie eine Schildkröte ist? Erinnert sie sich daran, dass sie mal ein Mensch war? Erinnert sie sich an mich? Ich wette, dass du das auch wissen wolltest, wenn deine Mutter eine Schildkröte wäre.«

»Meine Mutter wäre niemals eine Schildkröte – ihre Zaubereien klappen immer.«

»Was man von deinen nicht behaupten kann, Rike!« Grans Stimme war richtig barsch. »Pass du mal lieber auf, dass du nicht als Schildkröte endest oder was Schlimmeres. Und hör auf, Tom Simpel zu nennen. Es ist ungezogen und obendrein falsch.«

Sie zog Tom an sich. »Mach dir keinen Kopf, Tom, ich bin überzeugt, deine Mum erinnert sich in dem Moment an dich, in dem sie wieder sie selbst ist.«

Gran ließ den Teppich wie gestern Nacht hinter den Bohnenstangen in Toms Garten landen und nahm den Igel aus dem Karton.

»Tut mir leid, mein Kleiner«, sagte sie. »Ich hätte alles, was ich zum Thema Verwandeln finden konnte, lesen sollen, bevor wir aufgebrochen sind, um Annabel zu suchen. Wenn ich gestern Nacht gewusst hätte, wie man ein verwandeltes Geschöpf erkennt, hätte ich gesehen, dass du keins bist, und dich niemals mit nach Hause genommen. Ich hätte dich sofort in deinen Garten zurückgesetzt.«

»Wie erkennt man denn ein verwandeltes Geschöpf?«, fragte Rike.

»Wenn du genug angeborene Fähigkeiten hast, siehst du es sofort. Das Tier hat eine Aura. Wenn du Spitzenfähigkeiten hast – Violette Kraft nennen wir das –,

siehst du die Aura offenbar wie einen farbigen Heiligenschein um das Tier. Für mich mit meinen Zauberkräften sieht ein verwandeltes Tier ein bisschen verschwommen an den Rändern aus, deshalb habe ich es auch noch nie bemerkt.«
Tom wurde vor Schreck ganz schwindelig. Er hatte es sich nicht eingebildet! Der Igel sah verschwommen aus. Er kniff ein paarmal die Augen fest zusammen und schüttelte den Kopf, um den Schwindel loszuwerden.
»Was ist los mit dir?«, fragte Rike.
»Nichts«, sagte er schnell. »Ich finde es nur schwierig, dieses ganze Zauberzeug zu begreifen.«
»Ja, ja, das glaub ich gern, dass es für einen Simpel nicht leicht ist«, sagte Rike.
Aber Tom wusste jetzt, dass er alles andere als ein Simpel war. Er hatte ebenso starke angeborene Zauberkräfte wie Gran. Gott sei Dank hatte er keine Violette Kraft – er hatte den Igel zwar verschwommen, aber kein bisschen farbig gesehen. Trotzdem war das, was er hatte, schon furchterregend genug. So viel Verantwortung zu übernehmen war ihm nicht geheuer. Er hatte ja noch nicht mal gelernt, das Buch der alten Kunde zu lesen, und wusste nicht, wie er einen ein-

zigen Zauber gefahrlos durchführen konnte. Was, wenn er aus Versehen was zauberte wie Mum und etwas Schreckliches passierte?

13 »Aus welchem Garten hast du die Schildkröte mitgebracht, Rike?«, sagte Gran.

»Nummer 24.« Rike nahm den Igel aus Grans Händen entgegen. »Ich bringe ihn zurück.«

»Warte einen Moment«, sagte Tom. »Ich will nur mal was austesten.«

»Was denn?«

»Ich habe doch überlegt, wie sich der Igel fühlt, ob er zum Beispiel meint, er ist noch eine Schildkröte? Vielleicht weiß ich, wie ich das herausfinden kann.«

»Ach, herrje noch mal«, sagte Rike. »Wen interessiert's? Es ist doch nur ein kleines Tier, das weder denkt noch fühlt.«

»Mich interessiert es«, sagte Tom. »Er hat vielleicht nicht solche Gedanken und Gefühle wie wir, aber er hat Instinkte, mit denen er sich wie eine Schildkröte oder ein Igel oder eine Mischung aus beiden verhält. Ich muss es wissen. Verstehst du das nicht? Ich muss wissen, wie es in all den Jahren für Mum war. Ist sie völlig Schildkröte, oder hat sie noch menschliche Gedanken und Gefühle?«

Gran zog ihn an sich. »Sie leidet ganz bestimmt nicht, Tom«, sagte sie. »Sie wird vollkommen zufrieden sein, dass sie eine Schildkröte ist. Aber wenn es dir guttut, versuch auf jeden Fall, deine Idee jetzt auszuprobieren.«

»Es dauert nur einen Moment.« Tom steckte die Nase in die Stacheln des Igels und atmete tief ein.

»Vorsicht!«, sagte Gran. »Du willst dir doch keine Kratzer in der Nase holen. Oder Flöhe.«

Rike musste so sehr giggeln, dass sie fast den Igel fallen gelassen hätte.

»Pssst!« Gran blickte sich nervös um.

Tom nahm die Nase aus den Stacheln und atmete aus. »Der Geruch ist längst nicht so stark wie Henrys«, sagte er. »Aber ein Hauch Schildkröte ist drin. Und was anderes, was wahrscheinlich Igel ist.«

Rike schaute ihn an und schnupperte dann selbst an dem Igel, aber vorsichtiger. »Für mich riecht er eher dreckig«, sagte sie. »Auf was willst du hinaus, Simpel-Tom?«

»Ich habe ihm heute Abend eine doppelte Portion Extrawach gegeben«, sagte Gran rasch.

»Zum Ausgleich dafür, dass ich ein Dreiviertel-Simpel bin«, sagte Tom mit einem dankbaren Blick zu Gran.

»Na, dazu ist schon mehr nötig«, sagte Rike hämisch.

»Kann ich die Igelkröte jetzt zurück in ihren Garten bringen?«

»Ja, aber beeil dich.«

Gran wandte sich an Tom. »Du überraschst mich«, sagte sie, kaum dass Rike außer Hörweite war. »Deine Sinne sind schärfer als meine. Ist dir noch irgendwas aufgefallen, das ich wissen sollte?«

»Ich konnte das Verschwommene, die Aura des Igels, sehen. Es war mir schon aufgefallen, bevor du uns davon erzählt hast, aber ich dachte, meine Augen wären komisch, weil ich nicht genug geschlafen hatte.«

»Nein, Tom, das ist jetzt die Bestätigung. Du hast so viel Zauberkraft wie ich.«

»Gran, was ist, wenn ich sie nicht will?«

Gran schaute ihn verständnislos an. »Warum solltest du sie nicht wollen? Es ist eine wunderbare Gabe.«

»Ich habe Angst, aus Versehen einen bösen Zauber anzuwenden. Was, wenn ich zum Beispiel Dad in einen Käfer verwandeln würde?«

»Ach, Tom«, Gran nahm Tom in den Arm. »Das passiert nicht. Du kannst nichts zaubern, was du nicht willst.«

»Ja, aber Mum wollte sich doch ganz bestimmt nicht in eine Schildkröte verzaubern.«

»Natürlich nicht. Es war ein Unfall.«

»Kann sein, aber genau vor solchen Unfällen hätte ich Angst, Gran!«

»Warum umarmst du Tom schon wieder?« Rike war zurück.

»Ich kann dich auch umarmen.« Gran streckte den anderen Arm aus und zog Rike an sich. »Er ist einfach nur ein bisschen traurig wegen seiner Mutter, das ist alles.«

»Aber jetzt wird es doch leichter, sie zu finden, oder nicht? Jetzt, wo du weißt, dass du eine Schildkröte suchen musst, die verschwommen aussieht, vergeuden wir doch unsere Zeit nicht damit, echte Schildkröten mit nach Hause zu nehmen.«

»Da hast du vollkommen recht, Rike!« Gran drückte Rike noch mal extra fest, und Rike strahlte vor Freude.

»Das einzige Problem ist, dass es gar nicht so viele Schildkröten gibt, die man suchen kann«, meinte Tom.

Gran drückte ihn auch noch mal extra fest. »Stimmt.

Wenn wir deine Mum heute Nacht nicht finden, versuchen wir es noch mal ganz anders.«

»Aber wie denn?«, sagte Tom. Hoffentlich war Gran eine schnellere und einfachere Art und Weise eingefallen, Mum zu suchen. Ein Zauber.

»Später. Ich erzähle es euch auf dem Heimweg. Jetzt müssen wir mit Suchen anfangen. Heute Nacht nehmen wir uns die Straßen hinter eurer Straße vor.«

Dort waren die Häuser und Gärten größer, und da die Gärten an Toms Straße grenzten, konnte eine Schildkröte leicht hineingewandert sein.

Sie trennten sich, und Tom fing mit dem Garten direkt hinter dem seines Zuhauses an. Hier war es sehr viel unordentlicher als in seinem. Bot aber natürlich einer Schildkröte Futter in Massen. Es gab Unmengen Unkraut und wild wuchernde Stellen, die Mum gefallen würden, dachte er, als er auf Händen und Füßen loskrabbelte und suchte, schnupperte und hoffte.

Der Nachteil seiner wacheren Sinne war, dass ihn jetzt so vieles verwirrte. Er roch zu viel. Jede Pflanze, jeder Vogel, der im Gebüsch saß und schlief, jede Wühlmaus auf der Suche nach ihrem Abendessen, selbst jede Assel, die durch die Gegend trapste – sie alle hatten einen eigenen Geruch. Bei so vielem, das sich in seiner Nase abspielte, war es schwer, die Erinnerung an den Geruch von Schildkröte zu bewahren.

Plötzlich wehte ihm ein neuer durchdringender Geruch entgegen. Und er hörte neue Geräusche: knackende Zweige, raschelnde Blätter. Ein Schnüffeln und Schnaufen. Es kam näher. Tom, der in den Sträuchern kniete, machte sich so klein wie möglich und hielt den Atem an. Es schien kein Mond, und eigentlich war er gut versteckt. Aber nicht gut genug. Zwei gelbe Augen tauchten aus der Dunkelheit auf und starrten direkt in seine.

»Alles gut, mein Junge«, flüsterte er beruhigend. Vergeblich. Der Hund bellte einmal, zweimal, dreimal. Laut. Und dann drehte er sich um und rannte über den Rasen zum Haus und bellte wieder. Oben ging ein Licht an. Ein Vorhang wurde beiseitegezogen. Und der Hund kam zu Toms Versteck zurückgelaufen.

Panisch schaute Tom sich um. Zwischen diesem und dem nächsten Garten war eine hohe Mauer. Mit Hilfe eines Baumes, dessen Äste auch in den anderen Garten hingen, konnte er vielleicht entkommen, aber dazu musste er seine Deckung in den niedrigen

Sträuchern verlassen und wäre deutlich zu sehen. Im Erdgeschoss des Hauses war nun auch ein Licht angegangen.
Tom zog die Kapuze so weit ins Gesicht wie möglich und bewegte sich langsam auf den Stamm des überhängenden Baumes zu. Da kam plötzlich eine Tigerkatze mit weißen Pfoten über den Zaun zum Nachbargarten gesprungen und stürzte sich auf den Hund. Der blieb überrascht stehen und schaute die Katze an. Dann drehte er sich um und trottete mit eingezogenem Schwanz brav in seine Hundehütte zurück.
Puuh, dachte Tom, als die Lichter im Haus wieder ausgingen. Riesenglück gehabt. Er schlich den Weg hinunter und ging in den nächsten Garten.
Als er sich vorsichtig an der Seite der Garage entlangtastete, um nicht von einem Bewegungsmelder erfasst zu werden, hörte er einen ganz hohen Ton. Er blieb stocksteif stehen und hielt den Atem an. Hatte er eine Alarmanlage ausgelöst?
Nein. Dazu war das Geräusch bei weitem nicht laut genug, selbst für sein geschärftes Gehör nicht. Es klang eher wie das Quieksen eines kleinen Tieres. Er ging auf Zehenspitzen ans Ende der Garage und schaute sich um. Von hinter einer Mülltonne schim-

merte auf dem Boden schwach ein verschwommenes Licht, das aussah, als käme es aus einer Taschenlampe, deren Batterien gleich leer sind. Während er weiter den Blick darauf gerichtet hielt, wurde das Quieksen lauter und klagender, und bei jedem Quieksen wackelte der Schimmer heftig.

Tom rutschte das Herz in die Hose. Das Verschwommene kannte er schon, doch diesmal war auch noch ein orangefarbener Schimmer dabei. Er konnte farbige Auren sehen! Offenbar entwickelten sich seine Kräfte immer weiter, seine Sinne wurden noch schärfer. Ohne sie hätte er das kleine verwandelte Tier niemals bemerkt.

Er hatte Mum gefunden. Und sie war in Not!

14

Tom ging auf die Knie und kroch auf allen vieren vorwärts. Nun nahm er wieder eine Menge neuer Gerüche wahr wie zum Beispiel Erdnussbutter. Aber das war nicht überraschend – Mülltonnen stanken nach allem Möglichen. Das Quieksen indes wurde immer angstvoller, und in seinen Ohren passierte etwas sehr Seltsames. Im rechten klang es wie ein Tier, das große Schmerzen hatte, und im linken hörte es sich allmählich wie eine menschliche Stimme an. Ihm war, als riefe diese Stimme: »Hilfe! – Katze! Helft mir! Helft mir!«

Mum wurde von einer Katze angegriffen! Wenn es das aggressive Tier war, das eben den Nachbarshund verjagt hatte, dann war sie echt in Gefahr.

»Schon gut, ich komme«, sagte Tom leise. Er ging vorsichtig auf das Quieksen zu – das wäre ja nun das Letzte, dass die Katze mit Mum im Maul davonrennen würde. Er beugte sich vor und schaute hinter die Mülltonne.

Da war aber keine Katze. Und keine Schildkröte. Das

Tier, das diesen schleirigen orangefarbenen Schimmer verströmte, war eine große braune Ratte. Gran hatte sich geirrt – die Schildkröte, über die er vor über sieben Jahren gestolpert war, war doch Henry gewesen. Mum war keine Schildkröte, sie war eine Ratte.
Obwohl Tom die meisten Tiere mochte – sich für eine Ratte zu erwärmen fand er doch gewöhnungsbedürftig. Nur weil er wusste, dass das hier keine normale Ratte war, ging er näher hin. Das arme Tier war in eine Falle geraten, in der es sich das Genick hätte brechen können, aber es hatte Glück gehabt und sich nur ein Hinterbein eingeklemmt.
Tom schauderte es bei dem Gedanken, wie nah Mum dem Tod gekommen war, und er suchte etwas Stabiles, mit dem er die Falle aufstemmen konnte. »Schon gut, Mum, sei nur ruhig«, sagte er beschwichtigend, während die Ratte sich hin und her warf, um die Falle abzuschütteln. »Und sei vorsichtig, wo du hintrittst, um dich herum sind lauter Glasscherben.« Glasscherben und ein kleines Pfützchen mit einer Flüssigkeit, die offenbar einige der ihm irgendwie bekannten Gerüche verströmte.
Tom fand ein Schäufelchen, das in einem Blumentopf steckte, und bog damit die Feder in der Falle

auseinander. Die Ratte rollte sich herum und zog ihr gebrochenes Bein aus der Falle. Ihr Fell glänzte von der stinkenden Flüssigkeit, und als sie sich trocken schüttelte, war der stechende Gestank zu viel für Toms überempfindliche Nase.

Haaaaaaatschi!, nieste er und versprühte noch mehr Tröpfchen über die unglückliche Ratte.

Und dann geschah etwas Außerordentliches. Zuerst schrumpfte ihr Schwanz und verschwand. Dann begann sie sich auszudehnen. Tom trat erschreckt einen Schritt zurück, als ihr Kopf immer größer wurde. Die Knopfaugen, die scharfen Zähne, die zuckende Nase – alles war nun beängstigend riesig. Sie erhob sich auf die Hinterbeine und war so groß wie Tom selbst. Halb fasziniert, halb angstvoll sah er zu, wie die Schnurrhaare verkümmerten und weg waren und das Fell auf der Nase zu reißen begann. Dann rollte sich das aufgerissene Fell zurück und verschwand, und plötzlich war ihr echtes Gesicht zu sehen.

»Mum!« Tom sprang vor, weil er sie trotz ihres rattigen Körpers umarmen wollte. Doch schon erschienen ihr Hals und der Halsausschnitt eines Sweatshirts, und das war nun nichts, was Mum je getragen hatte!

»Rike! Manno …!«, begann er wütend.
Das menschliche Gesicht mit dem Rattenkörper unterbrach ihn. »Mach das noch mal!«, bat es eindringlich. »Schnell!«
»Was noch mal?«
»Was du gerade gemacht hast.«
»Ich hab doch gar nichts gemacht.«
»Du hast mich mit irgendwas besprüht. Es war wie Regen. Ich habe es gespürt. Was war es?« In dem argwöhnischen Blick, den sie ihm zuwarf, lag immer noch was Rattiges.
»Nichts. Ich habe nur geniest.«
»Dann nies noch mal. Nies so lange, bis es mir bessergeht.«
»Ich kann nicht auf Befehl niesen. Das ist nicht wie husten.«
»Dann überleg, was dich zum Niesen gebracht hat. Hast du Heuschnupfen? Ist hier in dem Garten etwas, von dem dir die Nase gejuckt hat?«
Tom erinnerte sich. »Diese Pfütze«, sagte er. »Die hat wirklich stark gestunken. Erinnert sie dich an was?«
»Nein«, sagte Rikes Gesicht schnell. »Aber wenn es die Pfütze war, bück dich und schnüffel. Ich fühle mich total elend, aber von deinem Niesen ist es ein

bisschen besser geworden. Bitte mach's noch mal. Es muss mir wieder vollkommen gutgehen, bevor wir nach Hause fliegen – Kaths bringt mich um, wenn sie es entdeckt.«

»Was entdeckt?«

»Egal jetzt. Nies, Tom. Bitte!«

Sie hatte »bitte« gesagt. Zweimal. Und sie hatte ihn nicht Simpel-Tom genannt. Sie muss ganz schön verzweifelt sein, dachte Tom. Aber ich wäre auch ganz schön verzweifelt, wenn ich halb Ratte wäre.

Er kniete sich hin und schnüffelte. Für so ein bisschen Flüssigkeit roch diese hier wirklich unglaublich durchdringend. Nach Sekunden schon juckte es ihm wieder schmerzhaft in der Nase.

Haaaaatschi! Haaaaatschi! Haaaaatschi!

Er holte ein Papiertaschentuch aus der Tasche.

»Nein!«, sagte Rike. »Putz dir die Nase an mir ab!«

»Was?«

»An meinem Rücken, da kitzelt es und fühlt sich seltsam an.«

Haaaaatschi! Tom besprühte Rike noch einmal, und dieses Mal von ganz nahem. Das Fell auf ihrem Rücken rollte sich ab, und zum Vorschein kamen der Rest des Sweatshirts und die Kampfhose. Nach einigen Momenten war von Ratte keine Spur mehr zu sehen. Und zum Glück hatte er nicht mal seine Nase an ihr abputzen müssen.

»Geht es dir wieder gut?«, fragte er und schüttelte ungläubig den Kopf. Was hatte er da bloß gerade vollbracht! »Das war ja Wahnsinn.«

Rike runzelte die Stirn. »Was denn?« Sie ging einen Schritt und fiel kreischend zu Boden.

»Psssst!«, sagte Tom schnell. »Was hast du?«

»Mein Bein. Es tut weh. Es tut tierisch weh.«

Tom schaute zu ihr hinunter. »O nein«, murmelte er. »Ich fass es nicht.«

Rikes linker Fuß stand in einer sehr unnatürlichen Richtung ab.

»Was?«, hauchte Rike.

»Der Knöchel ist gebrochen.«

Tom hörte ein leises Geräusch hinter sich. Er drehte sich sofort um, weil er befürchtete, Rikes Kreischen hätte jemanden im Haus geweckt. Aber es war nur wieder die getigerte Katze mit den weißen Pfoten. Sie war auf den Zaun zum Nachbargarten gesprungen.

»Kaths!«, schrie Rike.

»Pssst!«, sagte Tom. Einen Moment lang beäugte die Katze ihn. Ihr Fell schimmerte im Mondlicht wie

Silber. Sie sieht fast aus wie eine Gespensterkatze, dachte er.

»Kaths!« Rike keuchte vor Schmerzen.

»Psst!« Tom drehte sich wieder zu Rike um. Dann fiel der Groschen. Am Himmel waren Wolken, Mondlicht gab es nicht. Nichts sonst sah wie Silber aus. Er wirbelte abermals herum und sah gerade noch, wie die Katze auf der anderen Seite des Zauns hinuntersprang. Eine Katze mit einer silbernen Aura!

»Ich hoffe, dass deine Schreie nicht die ganze Nachbarschaft geweckt haben, Rike.« Gran kam ruhig um die Garagenecke. »Was ist gebrochen?«

»Rikes Knöchel«, sagte Tom.

»Wie ist denn das bloß passiert?«

»Auu-aaaa!«, stöhnte Rike. Mit einem Kopfschütteln in Toms Richtung, das nicht nur von den Schmerzen kam, bedeutete sie ihm, dass Gran nicht erfahren sollte, wie es passiert war. Und da er sich bei Rike nicht noch unbeliebter machen wollte, sagte er: »Die Rattenfalle da. Ich glaube, sie ist darüber gestolpert.«

Gran hockte sich hin und schaute sich Rikes Bein an. Dann sah sie das zerbrochene Glas und das Pfützchen mit der Flüssigkeit. Langsam atmete sie den Geruch ein. Tief durch die Nase. »Aha«, sagte sie. »Jetzt erzähl mir, was hier wirklich vorgefallen ist.«

»Tom hat es dir schon gesagt«, erwiderte Rike mit zitternder Stimme.

»Und ich hätte ihm auch geglaubt, wenn hier nicht die Reste einer kleinen Flasche und ein Pfützchen von meinem Schnecken-Verwandel-Trank wären.«

»Oh«, sagte Tom, als er begriff, wo er den Geruch schon mal wahrgenommen hatte. Nun kam die Wahrheit heraus. Und das wusste Rike offenbar auch.

»Sie … Sie war in meiner Tasche«, gab sie zu. »Und als ich um die Ecke lief, bin ich damit gegen die Garagenwand geknallt. Von dem Glas habe ich eine Schnittwunde am Bein. Es blutet und tut weh. Aber nicht so sehr wie unten am Knöchel. Mach was, Katz. Du hast doch bestimmt was in einer deiner Taschen, mit dem du mein Bein wieder heil machen kannst.«

Katz, so nennt Rike sie, dachte Tom. Nicht Kaths. Das habe ich immer falsch verstanden. Ach, ich bin ganz schön blöd. Den Grund hätte ich schon lange kapieren müssen.

»Streck die Zunge raus.« Gran nahm eine Flasche aus ihrer Schürze und tröpfelte Rike ein paar Tropfen auf die Zunge.

»Aaaah, besser.« Rike versuchte aufzustehen, fiel aber mit einem Schrei wieder um. »Aaaah, was hast du gemacht? Ich dachte, du hättest es wieder heil gemacht.«

»Beweg dich nicht. Ich habe dir nur ein Schmerzmittel gegeben.« Gran holte eine andere Flasche heraus. »Tun wir etwas Wundewohl auf die Schnittverletzung. Dann heilt die in ungefähr fünf Minuten. Aber dein Knöchel ist trotzdem noch gebrochen. Ich habe keinen Knochenkleber in der Schürze. Dazu müssen wir dich nach Hause bringen. Jetzt halt mal still, während ich dir das Bein schiene.«

Tom dachte, Gran würde irgendwie eine Schiene herbeizaubern, aber sie nahm nur das Tuch ab, das sie immer um ihre roten Locken wickelte, und band behutsam Rikes Bein mit dem gebrochenen Knöchel an das heile Bein.

»Wow, das ist ja schlau«, sagte er.

»Für den Fall, dass man nicht die richtigen Zaubermittel dabeihat, ist es immer nützlich, Methoden der Simpel zu kennen«, sagte Gran. »Bleib bitte hier bei Rike, Tom, und ich hole den Teppich.«

Minuten später kreiste der Teppich über dem Garten und landete neben ihnen. Gran und Tom hoben Rike vorsichtig darauf, und dann starteten sie sehr langsam.

»Können wir nicht ein bisschen schneller fliegen?«, sagte Rike. »Ich will nach Hause. Ich will, dass mein Bein wieder heil wird.«

»Ich befürchte, es ist zu gefährlich für dich, mit Superhochgeschwindigkeit zu fliegen«, erwiderte Gran. »Ein paar Stunden lang ist es auch noch schön dunkel.«

»Stunden, die wir für die Suche nach Mum gebraucht hätten«, zischte Tom durch zusammengebissene Zähne. Die Entdeckung, dass die Ratte nicht Mum war, war eine Riesenenttäuschung, aber dass Rike sie jetzt auch noch wertvolle Suchzeit kostete, machte ihn stinkwütend. »Jetzt sind es nur noch vier Nächte. Vier Nächte, Mum zu finden und zurückzuverwandeln.« Die Worte blieben ihm in der Kehle stecken und wurden zum Schluchzen.

15

Gran strich Tom über den Kopf. »Lernst du es denn nie, Rike?«, schimpfte sie ihre Enkelin aus. »Du darfst meine Tränke NICHT STEHLEN. Du darfst nicht mit FORTGESCHRITTENEN ZAUBERMETHODEN HERUMEXPERIMENTIEREN. Das ist gefährlich. Wie oft muss ich dir das noch sagen?«

Rike murmelte etwas, das sogar nach »Tut mir leid« klang.

»Na, dann fang mal an, uns zu zeigen, wie leid es dir tut. Und zwar so, dass du mir die Wahrheit und nichts als die Wahrheit sagst«, schlug Gran vor, als sie Brinchester hinter sich ließen und übers offene Land flogen. »Was ist passiert, als die Flasche zerbrochen ist?«

»Weiß ich nicht«, murmelte Rike. »Ich kann mich nicht daran erinnern. Muss das jetzt sein?«

»Ja, wenn du willst, dass wir dein Bein zu Hause wieder heil machen, dann muss das jetzt sein. Erzähl weiter.«

»Also, es ging mir schrecklich schlecht. Mein Herz begann immer schneller zu schlagen. Ich dachte, es würde mir aus der Brust springen. Dann kitzelte es mich auf der Haut am ganzen Körper, und sie zog sich immer fester zusammen. Und alles in mir drin rumpelte irgendwie durch die Gegend.« Rike brach in Tränen aus. »Ich dachte, ich müsste sterben. Es war der pure Horror.«

»Aber der Zaubertrank ist doch nur in Kontakt mit deiner Haut gekommen. Ich weiß gar nicht, was darin dich so krank machen konnte.« Gran klang ratlos. »Wahrscheinlich ist etwas in deinen Blutkreislauf gelangt, als du dich an dem Glas geschnitten hast. Das ist dir hoffentlich endlich eine Lehre, Rike. Du sollst meine Tränke nicht stehlen, auch wenn du meinst, dass sie total harmlos sind. Sowieso, was wolltest du überhaupt damit?«

»Eine Schildkröte zu suchen ist so was von langweilig«, sagte Rike. »Es sind ja nicht mal welche da, die man finden könnte. Man findet nur massenhaft Krabbelgetier. Ich dachte, es würde Spaß machen, wenn ich die Krabbler in was anderes verwandelte.«

»Rike, Zauberkraft ist nicht zum Spaß da. Wenn du sie weiterhin so missbrauchst, unterrichte ich dich nicht mehr, und du darfst auch meine Werkstatt nicht mehr betreten.«

»Ich tu's nicht wieder«, murmelte Rike. »Ehrlich. Ach, mir ging's dermaßen elend.«
»So elend, dass du umgekippt bist?«, fragte Gran. »Ich verstehe immer noch nicht, wie du dir den Knöchel gebrochen hast.«
»Das verstehe ich auch nicht. Ich glaube, etwas ist dagegengeschlagen.«
»Tom«, sagte Gran, »hast du gesehen, was passiert ist?«
Gran wusste jetzt so viel von dem, was geschehen war, dass Tom fand, es hatte keinen Zweck mehr, den Ahnungslosen zu spielen.
»Ich war nicht da, als die Flasche kaputtgegangen ist«, sagte er. »Ich kam in den Garten und habe eine Ratte gefunden, die mit einem Bein in einer Falle festhing.«
»Igittigitt!« Rike schüttelte sich. »Du hast eine Ratte in einer Falle gesehen? Da bin ich aber froh, dass ich sie nicht gesehen habe.«
Tom und Gran schauten sich an. Gran wusste genau, was jetzt kommen würde. Aber Rike offenbar nicht.
»Sag's ihr, Tom«, sagte Gran.
»Rike«, sagte er langsam und deutlich, damit sie es gar nicht erst missverstehen konnte. »Du – warst – die – Ratte.«

»Was?«, schrie Rike. »Nie im Leben! Und witzig finde ich das jetzt nicht.«
»Es sollte auch nicht witzig sein«, sagte Tom. »Es ist die Wahrheit und nichts als die Wahrheit, wie Gran sie hören wollte.«
»Interessant«, sagte Gran.
»Hör nicht auf ihn, Gran! Er verarscht mich! Tu nicht so, als ob du ihm glaubtest. Er war ja gar nicht da. Er ist erst später gekommen, als mir ganz schwindelig war und alles weh tat.«
»Erinnerst du dich wirklich nicht?« Tom war überrascht.
»Ich erinnere mich sehr wohl. Ich bin keine Ratte und war auch nie eine!«
»Noch interessanter«, sagte Gran. »Sie ist eindeutig jetzt keine Ratte, Tom, und was passierte dann?«
»Krrrrr!« Rike war so genervt, dass sie mit den Fäusten auf den Teppich hämmerte. »Warum hörst du mir nicht zu?«
»Ich versuche, euch beiden zuzuhören. Jetzt bist du wieder dran, Tom.«
»Ich habe ein Werkzeug gefunden, mit dem ich die Falle aufstemmen konnte«, sagte Tom.
»Und dann?«

»Musste ich niesen. Und Rike fing an, sich zurückzuverwandeln. Das war allerdings richtig furchterregend – sie wuchs, bis sie so groß war, wie sie ist, verlor aber ihre Rattigkeit nicht gleich.«

»Du liebe Güte«, sagte Gran, »eine Ratte so groß wie Rike! Das ist wirklich eine Horrorvorstellung!«

»ICH – WAR – KEINE – RATTE!«

»Tom, ich glaube, einige deiner Fragen zu deiner Mutter sind jetzt beantwortet. Egal, wie sie sich als Schildkröte fühlt – wenn wir sie zurückverwandeln, erinnert sie sich nicht mehr daran, dass sie eine war.«

»*Falls* wir sie zurückverwandeln können«, sagte Tom niedergeschlagen. »Nur noch vier Nächte. Und heute Nachmittag muss ich wieder nach Hause. Ich werd verrückt, wenn ich den ganzen Tag rumsitzen muss und nichts tun kann. Ich wünschte, wir könnten auch bei Tageslicht suchen.«

»Mach dir deshalb keine Sorgen«, sagte Gran. »Wenn ihr zwei weg seid, suche ich natürlich allein weiter. Außerdem können wir sehr wohl bei Tageslicht suchen. Das gehört zu meiner neuen Vorgehensweise. Was nämlich, wenn Annabel doch nicht mehr in der Nähe eures Hauses ist, Tom? Was, wenn jemand sie gefunden hat, der keine Schildkröte wollte?«

»Stimmt«, sagte Tom. »Ja, klar! Der hätte sie wahrscheinlich in ein Tierheim gebracht.«
»Genau. Sobald wir Rikes Bein geheilt und gefrühstückt haben, überprüfen wir alle Tierheime in Brinchester im Telefonbuch. Das ist eine sinnvolle Aufgabe für tagsüber. Ich wünschte, ich hätte gestern schon daran gedacht.«

Sie landeten im Garten hinter dem Haus, und Tom und Gran stiegen vom Teppich.
»Du bleibst sitzen, Rike«, sagte Gran.
Sie murmelte dem Teppich was zu, und er erhob sich sanft bis etwa Hüfthöhe. Dann stellten Tom und Gran sich an den Längsseiten daneben und geleiteten ihn zwischen sich ins Haus. Damit er durch die Hintertür passte, mussten sie dort die Seitenkanten hochrollen. Als sie im Wohnzimmer waren, dirigierte Gran ihn behutsam zur Couch. Samt Rike landete er auf den weichen Polstern.
»Jetzt heißt es geduldig sein, Rike«, sagte Gran. »Der Knochenkleber braucht mindestens eine Stunde, um zu wirken. Aber ich hole ihn sofort aus der Werkstatt und reibe dir den Knöchel vorsichtig damit ein. Tom kann das Porridge machen.«

»Aber ich weiß nicht, wie das geht«, protestierte Tom, der Gran in die Küche folgte.
Offenbar hatte Gran nur den einen Topf. Sie stellte ihn auf den Herd. »Zünde das Gas mit deinem linken Mittelfinger an«, sagte sie, »dann tu den Deckel auf den Topf, halte den Stiel des Topfes mit beiden Händen fest und denk, so heftig du kannst, an Porridge.«
»Mir ist klar, dass es ein Zaubertopf ist, Gran. Aber braucht man nicht auch eine Zauberflüssigkeit?«
»Mal sehen. Versuch's erst mal ohne. Wenn es nach ein paar Minuten nicht geklappt hat, füge einen Teelöffel hiervon –« Gran holte ein Glasgefäß mit grauem Pulver aus dem Schrank – »und einen Esslöffel Wasser hinzu. Jetzt gehe ich den Knochenkleber holen.«
Tom erinnerte sich, dass Grans blaues Flämmchen auf seinem Mittelfinger getanzt hatte. Das war auf dem der rechten Hand gewesen. Jetzt musste er sich vorstellen, dass es auf dem der linken war. Er schloss die Augen und sah die Flamme vor seinem geistigen Auge. Sofort begann sein linker Mittelfinger zu kribbeln. Dann schnipste Tom mit den Fingern, spürte ein Kitzeln und öffnete die Augen. Geschafft! Er hatte

eine Flamme herbeigezaubert. Sie sah etwas anders aus als die von Gran und war eher violett als blau, aber eine Flamme.

Er entzündete das Gas unter dem Topf, setzte den Deckel darauf, packte den Stiel und schloss wieder die Augen. Porridge, dachte er. Zauberporridge, Porridge, Zauberporridge, Porridge … Ach, das bringt nie was. Das funktioniert nie im Leben.

Doch als er die Augen öffnete, das Glas mit dem grauen Pulver holte und den Deckel vom Topf hob, quoll ihm eine köstlich duftende Dampfwolke entgegen. Und als sich der Dampf verzog, blubberte das Porridge friedlich vor sich hin und konnte aufgetischt werden.

Er war so auf sein Tun konzentriert gewesen, dass er nicht gehört hatte, wie Gran mit der Flasche Knochenkleber zurückgekommen war. Jetzt merkte er, dass sie hinter ihm gestanden und zugesehen hatte.

»Gut gemacht«, sagte sie, und leiser Stolz schwang in ihrer Stimme mit. »Du hast die Violette Kraft. Wie ich gedacht habe.« Sie umarmte ihn. »Ich weiß, dass du das nicht unbedingt willst, Tom. Und es tut mir leid, wenn es dir einen so großen Schrecken verursacht, aber wissen musst du es ja.«

16

»Ich wusste es schon«, erwiderte Tom. »Ich habe es begriffen, als ich Rike als Ratte gefunden habe. Ihre Aura war orangefarben, Gran, und deine ist silbern.«

»Oh!« Gran strich ihm über den Kopf. »Dann weißt du also jetzt, dass meine Katze und ich ein und dasselbe Wesen sind. Silbern, sagst du? Wie schön.«

»Tom!«, rief Rike aus dem Wohnzimmer. »Sag Katz, sie soll sich mit meinem Knochenkleber beeilen. Sonst sterbe ich hier noch!«

»Habe ich nicht gesagt, dass du Geduld haben sollst?« Gran ging eilig ins Wohnzimmer.

Tom folgte ihr mit drei Schüsselchen Porridge.

Gran rieb den Knochenkleber gleichzeitig sanft und entschlossen in Rikes gebrochenen Knöchel.

»So«, sagte sie dann. »Irgendwie musst du es schaffen, eine Stunde lang stillzusitzen, Rike. Und während wir jetzt unser vorzügliches Porridge essen, erzählst du uns zu Ende, Tom, wie du die Ratte zurück in Rike verwandelt hast.«

»Manno!«, prustete Rike in ihr Porridge. »Tom hat eine Ratte gesehen, und er hat meinen gebrochenen Knöchel gesehen und die beiden Sachen irgendwie miteinander verquickt. Mit dem zu viel Extrawach hast du sein Gehirn in Brei verwandelt.«

»Ich habe dich angeniest«, sagte Tom. »Und dann hast du angefangen, dich in dich selbst zurückzuverwandeln, und du hast mich gebeten, noch mal zu niesen. Erinnerst du dich wirklich nicht?«

»Ich weiß nur noch, wie das schreckliche Kribbeln und Durcheinanderrumpeln und der Schwindel plötzlich aufhörten. Ja, ich habe ein Niesen bemerkt, aber ich dachte, das wäre ich selbst.«

Tom schilderte Gran genau, was er gesehen hatte.

»Du hast den Zauber rückgängig gemacht«, sagte Gran. »Dafür bin ich dir sehr dankbar, Tom, und das ist Rike bestimmt auch, wenn sie erst mal eingesehen hat, was ihr widerfahren ist.«

»Ich habe nicht absichtlich geniest. Ich habe geniest, weil mir von dem Geruch des Schneckenverwandeltranks ganz fürchterlich die Nase gejuckt hat. Ich wollte nicht zaubern – ich weiß ja gar nicht, wie das geht.«

»Du hast aber gezaubert«, sagte Gran. »Es war dir nur

nicht klar. Du dachtest, dass die Ratte einmal jemand anderes war und zurückverwandelt werden musste. Diese Gedanken haben dem Niesen Kraft gegeben. Das kann man niemandem beibringen, dafür gibt es keine Anleitung. Das ist die Violette Kraft – die angeborene Fähigkeit, Dinge allein durch Gedanken geschehen zu lassen.«

»Was?«, sagte Rike. »Nie im Leben hat Tom die Violette Kraft. Er hat sich das Ganze nur ausgedacht.«

Gran ignorierte sie und sammelte die Porridge-Schüsselchen ein. »Toast mit Orangenmarmelade für euch beide?«

»Toast mit Erdnussbutter«, sagte Rike.

»Ha!« Jetzt fiel Tom etwas ein. »Wegen der Erdnussbutter hast du dir den Knöchel gebrochen.«

»Sei nicht albern.«

»Nein, ernsthaft – die Rattenfalle war mit Erdnussbutter eingeschmiert. Das war der Köder.«

»Ich möchte Orangenmarmelade«, sagte Rike.

Während sie ihren Toast aßen, suchte Gran schon Tierheime im Telefonbuch. »Es gibt vier in und um Brinchester«, sagte sie. »Wir rufen sie heute Morgen an, und dann wissen wir, ob sie Schildkröten haben.«

»Es ist schon Morgen«, sagte Rike.

»Aber viel zu früh, da gehen die Leute noch nicht ans Telefon. Wir rufen ab neun an und hoffen, dass heute am Sonntag jemand ans Telefon geht. Trinkt euren Tee, ihr beiden.«

Tom erwachte von Telefonklingeln und begriff, warum Gran gewollt hatte, dass sie ihren Tee austranken. Er fühlte sich, als hätte er eine ganze Nacht im Bett geschlafen und nicht ein paar Stunden unbequem in einem Sessel.

»Danke, dass Sie zurückrufen«, sagte Gran gerade. »Aha, Sie haben welche. Wunderbar. Wir kommen gleich heute Vormittag noch vorbei und schauen sie uns an.«

Rike drehte sich gähnend um und fiel von der Couch.

»Verflixt und zugenäht, Rike!«, sagte Gran. »Sei doch zur Abwechslung mal vorsichtig. Wenn du dir noch mal was brichst, müssen wir eine Ewigkeit warten, bis ich eine neue Portion Knochenkleber gebraut habe.«

»Bin ich wieder heil?«, sagte Rike schläfrig. »Kann ich jetzt aufstehen?«

»Versuch's mal. Aber vorsichtig!« Gran streckte ihr

beide Hände entgegen und half ihr auf die Beine. »Wie fühlt es sich an?«

Rike tat ein paar Schritte. Sie humpelte ein ganz kleines bisschen. »Es tut nicht mehr weh, fühlt sich aber noch ein bisschen komisch an.«

»Eine Weile lang ist es auch bestimmt noch empfindlich. Versuch mal in den nächsten Stunden das Gewicht nur sehr behutsam darauf zu verlagern. Also, als ihr geschlafen habt, habe ich mit allen vier Tierheimen in Brinchester und Umgebung telefoniert und sie gefragt, ob sie Schildkröten haben.«

»Und?«, fragte Rike.

»Nur eins.«

Ist das gut oder schlecht?, dachte Tom.

»Nur eins nimmt Reptilien«, fuhr Gran fort. »Und wenn die anderen welche kriegen, schicken sie sie dorthin. Sie haben acht Schildkröten, verschiedene Arten und Größen. Wir fahren jetzt dorthin, um sie anzusehen. Macht euch fertig, ihr zwei, ich hole schon mal das Auto.«

»Das Auto?«, sagte Rike. »Wie simpel!«

»Leider können wir uns bei Tageslicht nur so bewegen.« Gran stopfte die vielen Dinge aus ihren vielen Taschen in eine große Handtasche und zog ihre

Patchwork-Schürze aus. Tom sah sie zum ersten Mal ohne Schürze.

»Verbirgt die kleine Teppichwolke den Teppich am Tage nicht gut genug?«, fragte er.

»Doch, wenn er in der Luft ist, ja, aber starten und landen könnten wir nur, wenn niemand da ist, der uns sieht.«

Gran holte ihr Auto aus der Garage in der kleinen Gasse hinter dem Hof. Da fiel Tom was ein.

»Wie nahe ist das Tierheim, in das wir gehen, an Brinchester, Gran?«, fragte er. »Ich kann es nicht riskieren, jemandem zu begegnen, den ich kenne und der mich kennt – angeblich bin ich ja am Meer.«

»Das Tierheim ist im Stadtteil Byton, am Rand der Stadt. Aber mach dir keine Sorgen, Tom, du hast dein Kapuzenshirt an. Rike, du setzt dich nach hinten und legst das Bein hoch, auf den Sitz. Tom kann vorn sitzen.«

Das Tierheim war auf dem Gelände eines alten Bauernhofs, doch davon waren nur noch die Gebäude und ein paar kleine Felder übrig. Den Rest hatte die neueste Wohnsiedlung von Brinchester geschluckt. Gran parkte im Hof, und sie gingen durch eine Tür,

auf die in wackligen grünen Buchstaben »Empfang« gemalt war.
»Kommen Sie wegen der Kätzchen?« Das Mädchen hinter dem Empfangstresen feilte sich die Fingernägel.
»Nein, ich habe vorhin angerufen. Es geht um die Schildkröten.«
»Oh.« Sie hob die Stimme. »Haben wir Schildkröten, Moira?«
»Im Kuhstall«, rief eine Stimme weiter innen im Haus.
Sie fanden den Weg zum Kuhstall selbst. Es war warm darin, und an den Wänden entlang standen lauter große Glaskästen.
»O toll, Chamäleons«, sagte Rike. »So eins wollte ich schon immer mal haben.«
Tom schaute die Kästen gar nicht an, er ging gleich weiter zu den Schildkröten. »O nein!«, rief er. »So geht das nicht. Sie sollten an Pflanzen knabbern, an der frischen Luft sein, nicht eingeschlossen in einem Glasbehälter mit einem verschrumpelten Stück Obst.«
»Manche Schildkröten kommen aus richtig heißen Wüsten«, sagte Gran. »Und selbst im Sommer ist

es bei uns oft zu kühl für sie. Hier drin sind sie geschützter.«
»Aber …« Tom schaute sich verstohlen um und senkte die Stimme zu einem Flüstern, obwohl Gran, Rike und er immer noch die Einzigen in dem Gebäude waren. »Mum würde es hassen, in einer Kiste zu sein. Sie war immer am liebsten im Garten.«
Rike drückte sich die Nase am Glas platt und betrachtete die Schildkröten.
Tom tat es ihr gleich. Aber nicht lange. »Es hat keinen Zweck. Keine von diesen Schildkröten ist …« Er hielt inne, aber es war zu spät.
»Keine von diesen Schildkröten ist was?«, fragte Rike gleich höchst interessiert.
»Äh … ist Mum.«
»Du wolltest ›verwandelt‹ sagen, stimmt's? Du kannst das mit der Aura sehen? Katz, das ist unfair. Ich will so viel Extrawach wie Tom.«
Auch Gran begutachtete alle Schildkröten so gründlich, wie es bei den Kästen möglich war. Dann holte sie eine Brille hervor und schaute sie noch einmal an. »Nein, du hast recht, Tom. Diese Schildkröten waren nie etwas anderes als Schildkröten. Schade. Aber den Versuch war es wert.«

»Hörst du mir zu, Katz? Ich will so viel Extrawach wie Tom. Und auch alles, was du ihm sonst noch gibst. Er sollte nicht mehr können als ich. Wo ich schon seit sieben Jahren lerne und er gerade erst angefangen hat. Das ist ungerecht!«
Gran seufzte. »Rike, ich glaube, es wird Zeit, dass du einsiehst, dass Tom wirklich die Violette Kraft besitzt. Sag's ihr, Tom.«
»Was soll ich ihr sagen?«
»Etwas, das sie endlich davon überzeugt, dass du Zauberkräfte besitzt. Sag ihr, welche Farbe ihre Aura hatte, als sie eine Ratte war.«
»Orange«, sagte Tom ein wenig verlegen. »Deine Aura war orangefarben, als du eine Ratte warst.«
»Du spinnst! Ich war KEINE Ratte!«
»Ach du liebe Güte, vielleicht muss er dich wieder in eine Ratte verwandeln, bevor du es glaubst«, sagte Gran.
»Ha, das will ich sehen, wenn er das probiert. Na, mach schon, Violetter Tom, mach es!«
»Führe mich nicht in Versuchung«, blaffte Tom sie an. Den neuen Spitznamen mochte er genauso wenig wie den alten.
»Schluss jetzt, ihr beiden«, sagte Gran. »Kommt, wir

suchen die Teestube. Mit einem Becher heißer Schokolade und einem Stück Kuchen im Bauch geht es uns allen besser.«

17

Gran irrte sich. Die Teestube war eine Enttäuschung. Letzte Woche noch hätte Tom gefunden, dass er nie so guten Kuchen gegessen hatte. Jetzt wusste er es besser.

»Der ist nicht halb so gut wie deiner, Gran«, sagte er, als sie, beobachtet von einer umherlaufenden Katze und drei Gänsen, an einem Holztisch auf dem Hof des Bauernhofs saßen.

Ein kleines Mädchen kam zu einer älteren Dame am Nachbartisch gerannt. »Granny, Granny, wir haben uns einen Hund ausgesucht, und Daddy sagt, ich kann auch ein Kaninchen haben!«

»Ach herrje, natürlich!«, flüsterte Tom. »Wir haben nicht bis zu Ende gedacht. Tierheime sind ja nicht nur dafür da, sich um Tiere zu kümmern, sondern vor allem dafür, ein neues Zuhause für sie zu finden.«

Er ließ seinen Kuchen stehen und rannte ins Büro.

»Für wie viele Schildkröten haben Sie in den letzten sieben Jahren ein neues Zuhause gefunden?«, fragte er ganz außer Atem.

»Keine Ahnung.« Das Mädchen am Tresen schob seinen Kaugummi in die andere Backe. »Ich bin erst seit drei Wochen hier.«

»Aber Sie haben doch bestimmt Akten darüber.« Auf dem Tisch stand ein Computer, und dahinter an der Wand waren drei Regale mit Ablageboxen.

Das Mädchen runzelte die Stirn. »Wir haben Tiere, keine Akten.«

»Nein, ich meine … Könnte ich mit dem Leiter oder dem Besitzer sprechen, auf jeden Fall mit jemandem, der dieses Heim leitet?«

»Moira?«, brüllte das Mädchen. »Hier will dich jemand sprechen.«

Eine Frau mittleren Alters kam mit einem schweren Karton voller Hundefutterkonserven durch die Tür geschwankt. Sie stellte ihn auf den Tisch und reckte erst mal die Arme. »Wie kann ich helfen?«, fragte sie.

»Er will eine Schildkröte«, sagte das Mädchen.

»Ach, das ist ja wunderschön.« Die Frau strahlte Tom an. »Hier war seit Ewigkeiten keiner mehr, der eine Schildkröte wollte. Und dabei haben wir eine schöne Auswahl. Hast du dich schon umgeschaut?«

»Ja. Nein. Ich meine, ich möchte keine x-beliebige

Schildkröte.« Tom überlegte krampfhaft, wie er ihr seinen Wunsch auch nur halbwegs vernünftig erklären konnte. »Ich suche eine bestimmte Schildkröte, eine, die vor sieben Jahren verlorengegangen ist.«
»Vor sieben Jahren? Ach, du liebes bisschen, wenn du die nach der langen Zeit wiederfinden willst, musst du schon großes Glück haben. Denn wenn sie noch am Leben ist, ist sie sehr gewachsen.«
Die Tür ging auf, und Gran und Rike kamen herein.
»Hast du dir die Schildkröten ganz genau angeschaut?«, fragte Moira Tom noch einmal. »Meinst du, eine von denen könnte die sein, die du suchst?«
»Nein, mit Sicherheit nicht«, mischte sich Rike ein.
»Wir wüssten eigentlich nur gern«, sagte Tom, »ob eine Ihrer Schildkröten in den vergangenen sieben Jahren ein neues Zuhause gefunden hat.«
Moira schaute ihre Unterlagen durch. »Eine ist leider vor drei Jahren gestorben«, sagte sie nervös.
»Eine weibliche?«, fragte Gran schnell.
»Mal sehen. Nein, männlich. Die, die Sie suchen, war weiblich?«
»Ist«, sagte Tom. »Ist weiblich.«
»Gut. Wir hatten eine, die vor über einem Jahr ein

neues Zuhause gefunden hat, aber die war auch männlich.«

»Das ist alles?«, fragte Tom.

»Ja«, sagte Moira. »Tut mir leid.«

Sie waren schon auf halbem Weg zurück zum Auto, da kam Moira aus der Tür gerannt und wedelte mit einem Stück Papier.

»Tut mir leid«, sagte sie. »Dieser Vorgang war falsch abgeheftet, aber ich hätte mich daran erinnern sollen, weil es eine Schildkrötenart war, die wir noch nie gesehen hatten. Und weil wir uns nicht zugetraut haben, sie angemessen zu halten, haben wir sie in den Londoner Zoo gegeben.«

»Der Londoner Zoo …«, sagte Rike, als sie nach Hause fuhren. »Ich war noch nie in einem echten großen Zoo.«

»Da kommst du auch jetzt nicht hin«, sagte Gran. »Er ist dreihundert Kilometer weit entfernt.«

»Aber mit Superhochgeschwindigkeit ist das nichts.«

»Wenn wir nicht mit dem Teppich in das Tierheim fliegen konnten, Rike, dann geht das schon gar nicht nach London. Dort könnten wir niemals unbemerkt landen, nicht mal bei Dunkelheit.«

»Und wie machen wir es dann?«, sagte Tom.

»Wir fahren dorthin«, sagte Rike. »Mit dem Auto. Jetzt sofort.«

»Es ist fast Mittag, bis London sind es mehr als dreihundert Kilometer, und du, Tom, musst mit dem Vier-Uhr-Bus nach Hause fahren. In der Zeit können wir es nicht schaffen.«

»Natürlich können wir es schaffen!«, rief Tom. »Wir haben doch immer noch vier Tage!«

»Entschuldige, Tom, ich meinte nicht, dass wir keine Zeit mehr hätten, deine Mum zu finden. Ich meinte, dass wir heute nicht mehr zum Londoner Zoo und zurückfahren können. Aber keine Bange – ich fahre morgen, wenn du in der Schule bist.«

»Auf keinen Fall!«, sagte Rike. »Wir fliegen heute Abend, und zwar zusammen. Du kannst mit dem Teppich kommen, wenn wir im Bett sind, und uns heimlich vor unseren Zimmerfenstern aufladen.«

»Dann müssten wir in den Zoo einbrechen. Einbrechen durch Zauberkraft ist genauso riskant wie auf die simple Art und Weise, und ich würde nicht im Traum daran denken, euch beide in einen Einbruch zu verwickeln.« Gran fuhr in die kleine Gasse hinter ihrem Haus und parkte dort. »Außerdem will ich mir die Schildkröten zuerst mal im Tageslicht anschauen. Im Dunklen sind verschwommene Auren nur schwer zu erkennen. Wenn ich Annabel entdeckt habe, verberge ich mich so lange, bis es dunkel wird, und dann stecke ich sie mir in die Tasche und bringe sie mit nach Hause.«

»Wie soll ich mich morgen bloß auf die Aufgaben in der Schule konzentrieren?«, sagte Tom. »Ich werde mich die ganze Zeit fragen, was im Zoo passiert.«

»Du brauchst dich nicht zu fragen, ich schicke dir eine SMS, sobald es etwas Neues gibt.« Gran schloss die Hintertür auf und schob die Kinder in die Küche.

»Aber ich kriege deine SMS erst, wenn ich zu Hause bin«, sagte Tom. »Wir müssen unsere Handys in der Schule abgeben.«

»Aha.« Gran holte das Handy, das sie Tom für den Anruf bei seinem Vater geliehen hatte. »Du kannst das hier ausborgen. Dann wissen deine Lehrer nicht, dass du eins hast.«

»Echt?«, sagte Rike. »So eins will ich auch.«

»Wenn du Stufe drei bestehst, können wir vielleicht darüber reden, ob wir dir eins besorgen«, wies Gran sie zurecht.

»Das ist unfair! Tom hat eins, und er hat nicht mal Stufe eins bestanden.«

»Tom hat das Handy geliehen bekommen. Und seine Fähigkeiten übertreffen Stufe drei bei weitem.« Gran band sich die Schürze wieder um und machte sich in der Küche zu schaffen. Aus Schränken und Schürzentaschen holte sie so allerlei. »Also mein Topf und ich, wir machen euch was ganz Besonderes zum Mittagessen. Tom, du kriegst heute Abend ja wieder Simpel-Essen, oder willst du deinem Vater mit einem bisschen Zauberei in der Küche helfen?«

»Ich kriege wahrscheinlich gar nichts zum Essen, wenn Mum merkt, dass ihr Besen weg ist«, sagte Rike. »Kannst du ihn nicht wieder zusammenzaubern, Katz? Biiiiiitte?«

»Ach so, dann hat dir deine Mutter den Besen nicht etwa anvertraut, sondern du hast ihn gestohlen.«

»Ich habe ihn geborgt. Und wenn du ihn nicht kaputtgemacht hättest, würde ich ihn wieder dahin zurückstellen, wo ich ihn gefunden habe.«

»Etwas ohne Erlaubnis zu nehmen ist nicht borgen. Und nein, ich kann ihn nicht wieder zusammenzaubern. Ich könnte ihn wieder so zurechtmachen, dass er wie ein Besen aussieht, aber ich kann ihn nicht wieder zum Fliegen bringen.«

»Hast du wirklich nichts, das ihn wieder ganz ganz macht?«, sagte Rike.

»Nichts. Du musst schon beichten.«

Rike war nicht die Einzige, die sich wegen ihrer Heimkehr Sorgen machte.

»Ich muss Dad auch was beichten«, sagte Tom. »Er meint, ich wäre mit meinem Freund Matt am Meer gewesen. Ich wage gar nicht daran zu denken, wie er reagiert, wenn er erfährt, dass ich hier gewesen bin.«

»Sag's ihm nicht«, riet ihm Rike sofort.

»Ich muss. Wenn er Matts Eltern anruft und sich dafür bedankt, dass sie mich mitgenommen haben, kommt die Wahrheit sowieso raus.«

»Ach, ich glaube, darum brauchst du dir keine Sorgen zu machen«, sagte Gran. Sie nahm eine Schachtel mit Teebeuteln aus einem Schrank, suchte sie durch und zog einen gelben, rautenförmigen Beutel heraus. »Sobald du zu Hause bist, biete ihm an, ihm eine Tasse Tee zu machen – hiermit!«

»Unkrautsuppe? Damit er sofort erfährt, dass ich Zaubertricks gelernt habe?« Tom war entsetzt. Er hatte sich vorgenommen, seinem Vater die Neuigkeiten so schonend wie möglich beizubringen.

»Nein, nein. Häng diesen Beutel mit einem normalen Teebeutel in die Tasse. Er löst sich auf und verschwindet vollkommen, und dein Dad kriegt einen Becher Tee, der normal aussieht und schmeckt. Und er vergisst vollkommen, dass du übers Wochenende weg warst.«

»Ah, wie dein Erinnerungstee, nur dass dieses Vergisstee ist! Donnerwetter, danke, Gran.«

»Wirkt der auch bei Mum?«, fragte Rike. »Würde sie vergessen, dass sie jemals einen wertvollen antiken Hexenbesen gehabt hat?«

Gran stöhnte. »Ich weiß nicht, Rike. Ich weiß es wirklich nicht. Hier, nimm ein paar Teebeutel mit. Aber gib mir nicht die Schuld, wenn sie nicht wirken. Jetzt geht beide und packt eure Taschen, in der Zwischenzeit zaubert mein Topf ein leckeres Mittagessen. Ich gehe mal davon aus, dass ihr mit einem Weihnachtsessen zufrieden seid?«

18

Rike stieg zuerst in den Bus. Sie setzte sich ans Fenster und stellte die Tasche auf den Sitz neben sich, so dass Tom sich nicht dorthin setzen konnte. Was ihm gar nicht so ungelegen kam. Sein neues Zauberleben hinter sich zu lassen war schon bedauerlich genug, da brauchte er keine Rike dazu, die ihn den ganzen Weg bis Brinchester daran erinnerte, indem sie ihn Violetter Tom nannte. Er setzte sich hinter sie und sah, wie die Landschaft langsam an ihm vorbeiglitt. So enttäuscht er war, dass er morgen nicht mit Gran fahren konnte, hatte er die Hoffnung, Mum wiederzufinden, natürlich keineswegs aufgegeben. Die Schildkröte im Londoner Zoo war aus Brinchester gekommen. Es musste die richtige sein, bitte, bitte, bitte. Morgen um diese Zeit würde Gran Mum nach Hause bringen.

Nach einer Weile sah er, wie Rike ein kleines Päckchen aus ihrer Reisetasche zog und anfing zu essen. Ach ja – Gran hatte ihnen ein wenig Reiseproviant eingepackt. Auch er hatte einen letzten Happen Zauberessen in der Tasche. Er zog es heraus und wickelte es aus. Es war ein großes Stück von dem Schokoladenkuchen, durch den er zum ersten Mal gekostet hatte, was Zauber vermochte, und eine winzige Flasche mit etwas, das wie Wasser aussah. Tom nahm einen Schluck. Es war kein Wasser. Es schmeckte nach Früchten, Blumen und Sonnenschein. Durstig trank er gleich die halbe Flasche leer, schade, dass sie nur so klein war. Dann aß er ein paar Bissen von dem Kuchen. Als er den Rest des Getränks trinken wollte, war die Flasche wieder voll. Er konnte trinken, so viel er wollte, die Flasche blieb immer voll. Tom war so gebannt von der Zauberflasche, dass er nicht merkte, wie Rike von dem Platz vor ihm aufstand. Er merkte es erst, als sie sich neben ihn plumpsen ließ.

»Was hat sie dir mitgegeben?«, fragte sie. »Aha, Schokoladenkuchen und Sommerade. Ich habe auch Sommerade, aber dazu Honigkuchen. Willst du ein Stückchen probieren?«

Tom war so erstaunt, dass er kein Wort herausbrachte. Wieso verhielt sich Rike plötzlich wie ein normaler freundlicher Mensch? War das ein Trick?

»Ja, gern«, sagte er. »Und du musst was von meinem

Schokoladenkuchen essen.« Er brach ein Stück ab, und sie tauschten. Kaum spürte er den dunklen, klebrigen Honigkuchen auf der Zunge, erfüllte ihn ein warmes Glücksgefühl. Dieser Kuchen war wirklich die reinste Zauberei.

»Ich wollte dir die ganze Zeit danken.« Rike spülte ihren Bissen Schokoladenkuchen mit einem Schluck Sommerade hinunter.

»Wofür?«, fragte Tom. Er hatte Mühe, sich an diese neue bezaubernde Rike zu gewöhnen.

»Dafür, dass du mich wieder in mich verwandelt hast natürlich. Es war grauenhaft, eine Ratte zu sein.«

»Ach nein, jetzt erinnerst du dich?«

»Natürlich. So was vergisst man doch nicht.«

»Aber Rike, du hast doch bis vorhin noch steif und fest behauptet, dass du nie eine Ratte warst.«

»Echt? Wie komisch. Aber egal, ich habe mir was Tolles ausgedacht, wie ich dir danken kann.«

»Ach ja?« Tom war immer noch misstrauisch. Das war alles zu schön, um wahr zu sein.

»Doch, doch. Ich wette, du würdest für dein Leben gern morgen im Londoner Zoo sein, wenn Katz deine Mutter findet.«

Tom seufzte. »Da hast du recht. Ich weiß, dass sie mir

sofort Bescheid gibt, aber das ist nicht das Gleiche, wie dabei zu sein und Mums Aura selbst zu sehen. Was sie wohl für eine Farbe hat?«

Rike schaute ihn voller Bewunderung an. »Du bist toll!«, sagte sie. »Da hast du die Violette Kraft und weißt es nicht mal. Ich bin riesig stolz darauf, dass ich dich als Cousin habe.«

Tom verschluckte sich fast an seinem Schokoladenkuchen.

»Alles in Ordnung? Trink einen Schluck Sommerade, die hilft auch gegen Husten. Was hab ich gerade gesagt?«

»Du wolltest mir irgendwie danken.«

»Ah ja. Morgen. Im Zoo. Wenn Katz deine Mutter findet, sind wir dabei.«

»Rike, dann sind wir in der Schule.«

»Nur, wenn du dich nicht traust zu schwänzen …«

Tom dachte keine halbe Sekunde darüber nach. Geschwänzt hatte er zwar noch nie, aber … »Nein, schon gut, natürlich traue ich mich zu schwänzen. Doch Gran erlaubt es uns niemals.«

»Sie erfährt es erst, wenn es schon zu spät ist. Wir fahren nicht mit ihr hin. Wir fahren unabhängig von ihr. Der Zoo macht um zehn auf. Wenn wir den ersten Zug nehmen, können wir da sein, wenn geöffnet wird.«

»Aber eine Hin- und Rückfahrt nach London ist wahnsinnig teuer«, sagte Tom. »Mein Geld vom Geburtstag reicht wahrscheinlich längst nicht. Wie viel Geld hast du denn?«

»Aber wir bezahlen doch nicht!«, sagte Rike frohgemut.

»Was?« Die Schule zu schwänzen war eine Sache, aber schwarz zu fahren stand auf einem anderen Blatt. »Rike, das schaffen wir nie, ohne erwischt zu werden.«

»Ach, Violetter Tom, du denkst immer noch wie ein Simpel. Ich habe das hier.« Rike zog eine kleine Flasche aus einem Seitenfach ihrer Reisetasche. »Es ist …«

»Psst!« Tom schaute sich ängstlich im Bus um. »Was denn?«

»Unsichtbarkeitstrank!«

Tom rutschte das Herz in die Hose. »Ach, Rike. Was, wenn es genauso ist wie bei dem Teppichexperiment und nicht funktioniert?«

»Das hier funktioniert, Ehrenwort. Bis du mit deiner Schildkrötengeschichte aufgetaucht bist, hat Katz immer gedacht, deine Mutter hätte sich unsichtbar gemacht. Sie hat jahrelang Sachen unsichtbar gemacht, damit sie verschiedene Flüssigkeiten ausprobieren konnte, um sie wieder sichtbar zu machen. Ich bin ziemlich sicher, sie hat es auch an sich selbst ausprobiert. Aber das gibt sie nicht zu. Benutzen tut sie das hier. Tom, wir können mit der Bahn fahren und umsonst in den Zoo, weil uns niemand sehen kann!«

Tom wusste nicht, was er denken sollte. Einerseits traute er Rike kein bisschen über den Weg. Andererseits wollte er unbedingt dabei sein, wenn seine Mutter gefunden wurde.

»Na gut, probieren können wir es«, sagte er. »Wenn wir uns am Bahnhof treffen und den Trank trinken und er funktioniert, fahren wir nach London. Wenn der Trank keine Wirkung zeigt, gehen wir ganz normal zur Schule, und niemand braucht zu erfahren, dass wir es versucht haben.«

»Sehr gut! Treffen wir uns um halb sieben am Bahnhof. Der Zug geht um zehn vor sieben. Vielleicht musst du deine Violette Kraft benutzen, um so früh aus dem Haus zu kommen, ohne dass dein Vater es merkt.«

»Nein, das ist kein Problem. Er hat Frühschicht. Um

die Zeit ist er schon weg. Wie machst du das denn, so früh rauszukommen?«

»Weiß ich noch nicht«, sagte Rike aufgekratzt. »Aber mir fällt schon was ein. Oje, wir sind da. Was vergeht eine Fahrt schnell, wenn man mit einem Freund plaudert, stimmt's?«

»Es sind siebenundzwanzig Kilometer«, sagte Tom. »Ich kann gar nicht glauben, dass du den ganzen Weg mit dem Besen geflogen bist.«

»Ich wünschte, ich hätte es nicht gemacht. Mum wird stinkwütend, wenn der Vergisstee nicht wirkt. Aber ich habe ihr noch ein bisschen was von Katz' Honigkuchen aufgehoben. Der versetzt sie vielleicht in bessere Laune.« Rike seufzte und warf sich die Tasche über die Schulter. »Tschüs, Tom. Bis morgen. Halb sieben!«

19

»Hallo, Tom! Da bist du ja wieder!« Kaum hatte Tom die Haustür geöffnet, kam Dad schon angelaufen, nahm ihn in die Arme und hob ihn hoch in die Luft. »Meine Güte, was hab ich dich vermisst. Ich wusste nicht, dass ein Wochenende so lang sein kann. Tee?«

»Hi, Dad. Ja, bitte. Ich mache ihn.« Tom fühlte sich schuldig. Sein Wochenende war so toll gewesen, dass er kaum Zeit gehabt hatte, Dad zu vermissen.

»Nein, nein. Pack du deine Tasche aus. Ich mache den Tee.«

Tom folgte Dad in die Küche. Er hatte offensichtlich auf seine Ankunft gewartet, denn das Wasser hatte gerade gekocht, und zwei Becher mit Teebeuteln standen auf der Arbeitsplatte.

»Haben wir Kekse?«, fragte Tom, und in dem Moment, in dem sein Vater sich umdrehte, um welche zu holen, tat er Grans Vergisstee in dessen Lieblingsbecher und schob ihn unter den normalen Beutel. Na, hoffentlich löst er sich vollständig auf, dachte er.

Er hätte sich keine Sorgen zu machen brauchen. Als Dad seinen Teebeutel rausholte und ein bisschen Milch in seinen Tee goss, war von dem gelben rautenförmigen Beutel nichts mehr zu sehen.

Dad setzte sich an den Küchentisch, nahm einen großen Schluck und atmete tief durch. »Ah, das tut gut«, sagte er, was wiederum wirklich gut war, denn das sagte er immer, wenn er Tee trank, und es bedeutete, dass er keinen Unterschied bemerkt hatte.

Tom nickte und trank auch von seinem Tee, obwohl er so viel Sommerade im Bauch hatte, dass eigentlich nichts mehr reinpasste.

»Hast du dein Geburtstagsgeld ausgegeben?«, sagte Dad. »Hübscher Pulli.«

»Was?« Oh, er hatte immer noch den verbotenen Kapuzenpulli an, das hatte er ganz vergessen. Doch als er an sich herunterschaute, sah er, dass es überhaupt kein Kapuzenpulli mehr war. Er fühlte sich nicht anders an, war aber nun ein Strickpullover mit Zopfmuster vorn. Tom fuhr sich mit dem Finger am Halsausschnitt entlang, und siehe da, der Ausschnitt war rund, von Kapuze keine Spur. »Ja, der Pullover gefiel mir gut«, sagte er.

»Dieses Wochenende warst du mir wirklich eine große Hilfe im Garten, Tom! Aber weil du, soweit ich gesehen habe, kaum Hausaufgaben gemacht hast, solltest du dich jetzt mal besser darum kümmern. Ich mache uns derweil was zum Abendessen.«

Dad dachte, er hätte im Garten geholfen? Er hatte schon vergessen, wie sehr er ihn vermisst hatte? Hurra! Der Tee hatte gewirkt. Aber in einem hatte Dad recht: Tom hatte auch etwas völlig vergessen. Die Kleinigkeit mit den Hausaufgaben! Er ging in sein Zimmer, holte sein Matheheft – und sah, dass die Ergebnisse alle schon ausgerechnet und eingetragen waren, noch dazu in seiner eigenen Handschrift.

Wie ist denn das passiert?, überlegte er. Dann blätterte er um und sah ein schwaches Muster im Papier, eine Art Wasserzeichen oder Hologramm. Es hatte die Form einer Pfote – einer Katzenpfote. Vielen, vielen Dank, Gran!

Er verbrachte die Hausaufgabenzeit damit, im Internet über den Londoner Zoo nachzulesen und seine Tasche für morgen neu zu packen. Er musste alle Montagssachen hineinpacken, falls er am Ende doch in die Schule ging. Bitte, lass den Unsichtbarkeitstrank wirken, dachte er. Und bitte, bitte, lass die

Schildkröte Mum sein. Noch eine Enttäuschung würde er nicht ertragen.

Er hatte den Wecker auf Viertel vor sechs gestellt, war aber vor Aufregung schon lange vorher wach. Nun musste er so tun, als schliefe er, bis Dad zur Arbeit ging. Dad schaute nämlich immer bei ihm rein, bevor er das Haus verließ.
Als Tom endlich die Haustür ins Schloss fallen und das Auto wegfahren hörte, zog er sich schnell an. Mit Erleichterung sah er, dass sich sein Pullover wieder in ein Hoodie verwandelt hatte. Das war nützlich, falls er zufällig jemanden traf, den er kannte, bevor der Unsichtbarkeitstrank wirkte. Falls der Unsichtbarkeitstrank überhaupt wirkte.
Er frühstückte das Gleiche wie sonst und schmierte sich ein paar Brote. Er würde lange weg sein, und sicher hatte man auch Hunger, wenn man unsichtbar war. Zu trinken brauchte er nichts mitzunehmen, denn er hatte die Zauberflasche mit der Sommerade.
Er war zu früh am Bahnhof. In Brinchester gab es keine Sperren, an denen man die Fahrkarten vorzeigen oder durchschieben musste, und niemand wollte was

von ihm, als er auf den Bahnsteig ging. Die einzigen anderen Leute waren drei Männer im Anzug, die aussahen, als führen sie nach London, um wichtige Dinge zu erledigen. Tom ging auf und ab und schaute alle dreißig Sekunden auf seine Uhr. Bald war es nicht mehr zu früh. Wo war Rike?

Um vierundzwanzigeinhalb Minuten vor sieben kam sie auf den Bahnsteig gesaust. »Tut mir leid, dass ich so spät bin. War ein bisschen knifflig zu erklären, warum ich so früh wegmusste. Jetzt muss ich erst mal meine Schulklamotten ausziehen.« Bevor Tom sie noch davon abhalten konnte, flitzte sie in die Damentoilette und kam dreiundeineviertel Minute später in einem langen, bollerigen Pullover, schwarzen Leggings und ihren hellrosa Glitzerturnschuhen wieder heraus.

»So.« Sie zog die Flasche mit dem Unsichtbarkeitstrank aus ihrer Tasche. »Wo nehmen wir das hier? Wir müssen was finden, wo wir ungestört sind.«

»Du hättest keine Zeit mit Umziehen verplempern sollen – hast du vergessen, dass du unsichtbar wirst? Jetzt müssen wir uns tierisch beeilen. Ist jemand im Warteraum?«

Nein, niemand. Sie gingen hinein, und Rike schraub-

te den Verschluss von der Flasche. »Jeder eine Verschlusskappe voll«, sagte sie. »Wer zuerst?«
»Mach doch einfach!« Wenn das Zeug länger als ein paar Minuten zum Wirken brauchte, mussten sie den nächsten Zug nehmen. Dann kämen sie erst nach Gran in den Zoo, und das wäre zu spät.
»Okay. Auf geht's!« Rike legte den Kopf zurück und goss sich eine Verschlusskappe von dem Trank in den Mund. »Uach. Ekelhaft. Passiert was?«
Tom nahm die Flasche. Sie war winzig und für ihn kaum noch eine Kappe voll übrig. Aber der Trank wirkte schnell. Tom fühlte sich, als hätte man ihm einen Eimer mit Eiswürfeln über den Kopf gekippt. Rasch sickerte die Kälte durch seine Haut ins Blut und floss bis in seine Zehen.
»Tom! Wo bist du? Ich sehe dich nicht.« Rikes Stimme wurde panisch. »Und mich auch nicht!«
Es hatte geklappt!
»Darum geht es doch, Rike. Was dachtest du denn, was passieren würde?«
»Ich dachte, wir wären für Simpel unsichtbar, könnten uns aber gegenseitig sehr wohl noch sehen.«
»Himmel, da kommt der Zug!« Tom packte Rike am Arm und zog sie aus dem Warteraum und über den

Bahnsteig. Viele Leute saßen um diese Zeit nicht im Wagen. Sie fanden gut entfernt von den anderen Fahrgästen einen Platz.
»Tom«, flüsterte Rike. »Wie hast du das gemacht?«
»Was?«
»Du hast mich am Arm gepackt. Woher wusstest du, wo ich war? Ich kann nicht erkennen, wo du bist. Ich höre es nur an der Stimme.«
Diese Fahrt wurde offenbar sehr viel leichter für Tom als für Rike. »Ich kann dich noch sehen«, sagte er.
»Was? Dann bin ich nur für mich unsichtbar, aber für niemanden sonst?« Jetzt kriegte Rike es wirklich mit der Angst zu tun.
»Keine Bange. Normal siehst du nicht aus. Ich bin ziemlich sicher, dass du für Simpel unsichtbar bist. Nur für mich bist du irgendwie durchsichtig, als wärst du aus Glas. Und ich für mich selbst auch. Wahrscheinlich macht die Violette Kraft den Unterschied aus.«
»Jemand zugestiegen in Brinchester?«
»Psst«, flüsterte Tom. »Der Zugbegleiter kommt.«
»Ich weiß. Hören kann ich noch. Und alles sehen. Nur dich und mich nicht.«
Mucksmäuschenstill beobachteten sie, wie der Zug-

begleiter durch den Wagen kam. Und schnurstracks an ihnen vorbeiging!

»Puh«, sagte Rike, als er weg war. »Aber wenigstens hat der Trank gewirkt, und wir kommen in den Zoo. Wohler wäre mir allerdings, wenn ich dich sehen könnte. Können wir uns an den Händen halten oder so was?«

»Hm ... vielleicht dort, wo besonders viele Leute sind und wo man leicht getrennt werden kann. Aber keine Bange. Ich achte schon darauf, dass wir zusammenbleiben.«

»Danke.« Rike machte es sich auf ihrem Platz bequem und stellte ihre Tasche auf das Tischchen zwischen ihnen.

»Nein!« Tom schnappte nach Luft und packte die Tasche.

»Was denn?«

»Hast du das nicht gesehen? Als du deine Tasche losgelassen hast, wurde sie sichtbar. Sie bekommt ihre Unsichtbarkeit von dir. Wir müssen also unsere Taschen immer fest in der Hand behalten, oder sie werden mitgenommen und als unbeaufsichtigtes Gepäck gesprengt.« Er schob Rike die Tasche auf den Schoß.

»Mist, das habe ich nicht gemerkt.« Rike nahm den Riemen ihrer Handtasche fest in ihre glasigen Finger. »Das wird ja alles viel komplizierter, als ich dachte. Ich bin froh, dass du da bist, Tom. Ich brauche deine Violette Kraft, damit mir nichts passiert.«

Von Rikes Worten wurde Toms Laune nicht besser. Die Violette Kraft zu haben, doch nicht zu wissen, wie man sie beherrscht, war beängstigend genug, dass er jetzt aber auch noch auf Rike aufpassen musste, war ihm fast zu viel. Vielleicht hätte er doch besser zur Schule gehen und auf Grans Nachricht warten sollen. Andererseits hatten Rike und er nun eigentlich alle Probleme entdeckt, die aus der Unsichtbarkeit entstehen konnten.

Als sie sich London näherten, wurde der Zug voller. Zu spät sah Tom ein Paar, dass direkt auf die Plätze zusteuerte, auf denen er und Rike saßen.

»Schnell!«, zischte er.

Rike, die aus dem Fenster geschaut hatte, fragte: »Was?«

»Steh auf, bevor sie sich auf dich setzen!« Tom packte Rike am Arm und zog sie erst zu seinem Platz und dann auf den Gang.

»Ey«, sagte die Frau, die mit Rike zusammenstieß, als

sie sich setzte und Rike aufstand. »Warum schubst du mich?«

»Entschuldigung«, sagte die unsichtbare Rike.

20

Die Frau schaute den Mann verblüfft an, während er seine Aktentasche in der Ablage über ihren Köpfen verstaute.

»Was ist mit deiner Stimme?«, fragte sie.

»Nichts.«

»Du hast gerade mit so einer kindlichen Stimme ›Entschuldigung‹ gesagt.«

»Nein, ich habe gar nicht ›Entschuldigung‹ gesagt.«

»Na, das hättest du aber sagen sollen. Du hast mich fast umgeschubst.«

»Was redest du da? Ich habe dich gar nicht berührt.«

Tom ging von dem streitenden Paar weg und zog Rike zum Vorraum am Ende des Wagens.

»So«, sagte er. »Hier bleiben wir den Rest der Fahrt stehen. Es ist keine halbe Stunde mehr. Versuch, nicht mit Leuten zusammenzustoßen. Und wenn es doch passiert, sag nicht ›Entschuldigung‹! Um ein Haar wären wir wegen dir erwischt worden.«

»Es kam automatisch raus. Ich bin es nicht gewohnt, unsichtbar zu sein. Ich finde es schwierig.«

»Und es wird noch schwieriger. Wenn die Leute sich hier vor der Tür stauen, um auszusteigen, müssen wir echt aufpassen, dass wir nicht zusammengequetscht werden. Spring einfach, sobald du kannst, raus und warte auf dem Bahnsteig, bis ich zu dir komme.«

»Noch sind wir nicht da.«

»Nein, aber ich erzähle dir das jetzt schon, weil wir von nun an nicht mehr reden dürfen. Kein Wort. Der Zug ist voll. Nach dem nächsten Bahnhof sind wir auch sicher nicht mehr die Einzigen, die hier stehen.«

Schließlich musste Rike gar nicht hinausspringen. Sobald sich die Türen am Bahnhof Euston in London öffneten, wurde sie in dem allgemeinen Gedrängel eingequetscht und praktisch hinausgetragen. Tom sah mit Schrecken, wie sie sich frei strampelte und auf den Bahnsteig fiel. Er drängte sich durch die Tür und rannte zu ihr, um ihr aufzuhelfen.

»Tom? Bist du das?«

»Natürlich. Sonst kann dich doch keiner sehen. Alles in Ordnung?« Tom machte sich nicht die Mühe zu flüstern. Auf dem Bahnsteig war es so laut, und die Leute hatten es alle so eilig, dass sie gar nicht auf Stimmen ohne Körper achteten.

»Nein. Ich kriege schon überall Beulen, und eine Frau hat mir mit ihrem Stiletto-Absatz fast den Fuß durchgestochen.« Rike humpelte ein paar Schritte.

Tom hakte sie unter und hielt sie gut fest. »Pass auf, wenn wir untergehakt sind, kann ich dir beim Gehen helfen, und gleichzeitig weißt du, wo ich bin.«

»Puuh, danke.«

Rikes Humpeln wurde merklich besser, aber den ganzen Weg vom Bahnsteig zur U-Bahn klammerte sie sich an Tom. Dann Arm in Arm durch die Barrieren zur U-Bahn zu gehen war vertrackt, und Rike fiel fast hin, als sich auf der Rolltreppe jemand da, wo sie stand, vorbeidrängen wollte. In der U-Bahn selbst wurde das Geschubse noch schlimmer. Aber schließlich schafften sie es doch, sich am U-Bahnhof Camden Town ans Tageslicht zu kämpfen.

»Wie geht's jetzt weiter?«, fragte Rike.

»Wie, das weißt du nicht? Du hattest doch die Idee zu diesem Ausflug. Ich dachte, du hättest alles geplant.«

»Wir müssen jemanden fragen.«

»Das halte ich nicht für sehr vernünftig, Rike. Denk mal nach.«

»Oh, stimmt. Dann gehen wir einfach hinter jemandem her, der aussieht, als wollte er in den Zoo.«
»Da weiß ich was Besseres. Lass mich mal einen Moment los.«
Tom holte einen Plan aus seiner Tasche. Den hatte er zwar nur von der Webseite des Zoos abgemalt – ihn auszudrucken hatte er nicht gewagt, weil Dad es hätte hören können –, aber die einfache Skizze war durchaus brauchbar.
»Was machst du?«
»Oh, tut mir leid. Ich hab vergessen, dass du das, was in meiner unsichtbaren Hand ist, nicht sehen kannst. Es ist ein Plan.«
»Ach, Tom. Du denkst aber auch an alles. Ich wünschte, ich hätte auch Violette Kraft.«
»Das war keine Violette Kraft. Das war schlichte Simpel-Vernunft. Komm. Hier entlang.« Er hakte sie wieder unter.
Zwanzig Minuten später kamen sie am Zoo an.
»Da ist sie!«, rief Rike. Gran war die Erste in der Schlange. Hinter ihr waren achtundzwanzig aufgeregte Sechsjährige mit mehreren Erwachsenen, die schon fix und fertig aussahen, bevor der Zoobesuch überhaupt begonnen hatte.

»Pssst!«, flüsterte Tom eindringlich. »Von jetzt an darfst du kein Wort mehr sagen, Rike, Gran erkennt sonst deine Stimme.«

»Gut, dann verständigen wir uns in einer Geheimsprache«, flüsterte Rike. »Wenn ich deinen Arm drücke, bedeutet das ›Ist das deine Mum?‹. Wenn du einmal zurückdrückst, heißt das ›nein‹, und wenn du ganz oft hintereinander drückst, heißt das ›ja, ja, ja‹ …«

»Okay, verstanden. Jetzt: Pssst!«

Die Tore wurden geöffnet. Gran ging als Erste durch. Die Sechsjährigen und ihre Betreuer hatten eine Gruppeneintrittskarte, und Rike und Tom schlüpften mit ihnen hinein. Gran hatte einen Plan vom Zoo und machte sich zielbewusst auf den Weg. Tom und Rike rannten hinter ihr her.

Im Reptilienhaus war es warm und dunkel. Beleuchtet waren nur die Glaskästen mit den Tieren. Noch sah man keine anderen Besucher. Gran lief auch hier zielgerichtet weiter, bis sie bei den Schildkröten war. Dort ging sie ganz langsam von Kasten zu Kasten.

Tom sah auf einen Blick, dass keine dieser Schildkröten eine Aura hatte, aber Gran brauchte quälend lange. Verschwommene Auren waren viel schwerer zu erkennen als farbige. Rike drückte seinen Arm, und

er drückte ihren. Einmal. Immer und immer wieder nur einmal.
Dann waren lediglich die Riesenschildkröten übrig, aber sie wussten ja, dass Mum keine war – so sehr konnte sie nicht gewachsen sein, seit Tom über sie gestolpert war. Gran ging nach draußen und redete mit dem jungen Mann, der sie füttern wollte. Tom und Rike hielten sich dicht bei ihr.
»Ich komme von weit her, weil ich eine bestimmte Schildkröte sehen möchte«, sagte Gran. »Aber offenbar ist sie nicht hier. Haben Sie noch woanders Schildkröten?«
»Nein«, sagte der junge Mann. »Was für eine Art suchen Sie?«
»Ach, das weiß ich eben nicht. Aber ich würde sie erkennen, wenn ich sie sehe. Und ich kann Ihnen sagen, dass sie aus einem Tierheim in Brinchester zu Ihnen gekommen ist.«
»Im Büro sollte jemand Unterlagen dazu finden. Warten Sie bitte.« Der junge Mann sprach in ein Walkie-Talkie und sagte dann zu Gran: »Wenn Sie hier bitte warten wollen … Sobald einen Moment Zeit ist, schaut man es gern für Sie nach.«
Es dauerte lange, bis der Moment Zeit war. Der jun-

ge Mann fütterte die Schildkröten zu Ende und ging. Rike wurde es zu langweilig. Sie ließ Toms Arm los, kletterte über das Geländer, rannte zu einer der Riesenschildkröten und schwang sich auf deren Rücken. Zum Glück hatte die nichts dagegen und mampfte weiter, als wäre nichts.

Dann kam eine junge Frau um die Ecke. »Sind Sie die Dame, die nach der Schildkröte aus Brinchester gefragt hat?«, sagte sie.

»Ja«, sagte Gran. Sie klang nervös. »Können Sie mir etwas dazu sagen?«

»Ja, es war eine erwachsene weibliche Madagassische Schnabelbrustschildkröte, eine bedrohte Tierart. Wir haben sie sofort in das gut organisierte Zuchtprogramm auf Madagaskar gegeben. Höchstwahrscheinlich kam sie auch von dort und wurde illegal ins Land gebracht.«

Mum Teil eines Zuchtprogramms? Tom war entsetzt. Hatte er dann Brüder und Schwestern, die Schildkröten waren?

»Madagaskar«, sagte Gran in einem Ton, als wäre es nicht weiter als Brinchester oder Olford, jedenfalls, als sei nichts leichter, als dorthin zu fliegen. »Kann man dieses Zuchtprogramm besuchen?«

»Ich weiß es nicht, aber ich habe Ihnen die Informationen ausgedruckt für den Fall, dass Sie sich mit den Leuten dort in Verbindung setzen wollen. Bitte schön.«

»Vielen, vielen Dank«, sagte Gran. »Das war sehr nett von Ihnen.«

Die Schildkröte, auf der Rike ritt, zockelte auf sie zu, und Tom und Gran drehten sich beide um, um sie anzuschauen. Plötzlich stieß Gran einen erstickten Schrei aus, doch Tom brauchte einen Moment länger, um zu sehen, was sie gesehen hatte: zu beiden Seiten der Riesenschildkröte einen Turnschuh! Und die waren nicht etwa glasig und auch nicht durchsichtig. Es waren hellpinke Glitzerturnschuhe mit einem sehr menschlichen Fuß darin.

21

Blitzschnell sprang Gran über das Geländer, und genauso blitzschnell stießen die Turnschuhe in die Luft nach oben.

»Nein! Meine Dame, tut mir leid, Sie dürfen hier nicht ...« Bevor die junge Dame Gran sagen konnte, was sie hier nicht durfte, hatte diese das Glasgehege wieder verlassen und versuchte mit aller Kraft, die strampelnden Turnschuhe, die aus dem Nichts gekommen waren, irgendwo zu verstauen.

»Entschuldigung«, sagte sie. »Das war sehr unachtsam von mir, meine Ersatzschuhe in das Gehege fallen zu lassen. Ich musste sie einfach zurückholen, sonst hätte das arme Tier noch versucht, sie zu fressen.«

»Schon gut, in Ordnung, es ist ja nichts passiert. Schönen Tag noch.« Die junge Frau ging langsam weg, aber bevor sie um die Ecke bog, warf sie noch ein paarmal einen Blick zurück.

»Friederike Clever-Best«, fauchte Gran durch zusammengebissene Zähne, »was um alles in der Welt hast du dir dabei wieder gedacht?«

»Was um alles in der Welt hast *du* dir gedacht?«, meckerte Rike. »Ich habe gar nichts gemacht, und dann hast du mich plötzlich auf den Kopf gestellt.«

»Nichts gemacht? Wahrscheinlich denkst du, du wärst unsichtbar.«

»Natürlich bin ich das. Ich kann mich nicht sehen.«

»Auch nicht deine Füße?«

»Was??? Ach, du Schreck. Die Wirkung lässt nach!«

»Welche Wirkung lässt nach? Rein zufällig die meines Unsichtbarkeitstranks?«, fragte Gran.

In dem Moment kamen achtundzwanzig Sechsjährige, dicht gefolgt von ihren Betreuern, im Höllentempo angesaust. Irgendwie schaffte Gran es, Rikes Füße verschwinden zu lassen, indem sie sie in ihre große Tasche stopfte. Dann stolperte sie merkwürdig unbeholfen, die glasige Rike im Arm, davon. Tom folgte ihnen, bis sie eine ruhige Ecke erreicht hatten, die außer Sichtweite von Zooangestellten und Besuchern war. Gran setzte Rike und ihre Tasche auf dem Boden ab.

»Was, Herrgott nochmal, hast du dir dabei gedacht, du furchtbares Mädchen?« So böse hatte Tom Gran noch nie erlebt. »Halb sichtbar und halb unsichtbar kannst du nicht herumlaufen!«

»Tut mir leid.« Rike klang, als ob sie es ehrlich meinte. »Ich wusste nicht, dass die Wirkung so schnell verfliegt. Was machen wir jetzt?«
»Was wir jetzt machen? Ich trage keinen Unsichtbarkeitstrank mit mir herum«, sagte Gran. »Was machst *du* jetzt? Hast du noch mehr?«
Rike schüttelte den Kopf.
»Rike? Ich habe dich was gefragt!«
»Und ich habe den Kopf geschüttelt«, murmelte Rike.
»Deinen Kopf kann ich aber nicht sehen. Ich weiß nur, dass er von deinen Füßen aus am anderen Ende ist. Hast du noch mehr von dem Trank?«
»Keinen zum Unsichtbarmachen. Der ist aufgebraucht. Ich habe noch eine halbe Flasche von Mums Schrumpfzeugs.«
»Das tut's auch. Nimm alles.«
Rike wühlte die Flasche aus ihrer Tasche. »Alles?«, fragte sie argwöhnisch. »Und wenn ich so sehr schrumpfe, dass ich ganz verschwinde?«
»Nach dem, wie du dich in letzter Zeit aufgeführt hast, wär das vielleicht gar nicht so schlecht. Trink aus.«
Rike goss sich den Inhalt der Flasche in den Mund. In wenigen Sekunden war sie so sehr geschrumpft, dass

sie komplett in Grans Tasche passte. Gran hängte sich die Tasche über die Schulter, nahm etwas heraus und warf es sich in den Mund. Tom hatte noch nicht einmal geblinzelt, da sah er nichts weiter in der stillen Ecke als eine getigerte Katze mit weißen Pfoten und einer silbernen Aura. Sogar Grans Tasche war verwandelt worden. Offenbar in ein schweres Halsband, das sie um den pelzigen Hals trug. Und darin musste die winzige Rike sein!

Als die Rufe der achtundzwanzig Kinder näher kamen, schoss die Katze an Tom vorbei. Er versuchte, hinter ihr herzulaufen, doch sie sprang über einen Zaun und verschwand. Irgendwo über einem Baum oder einem hohen Gebäude, begriff er, würde eine kleine Wolke auf sie warten. Gran und Rike waren auf dem Heimweg mit dem Teppich. Tom war nun allein in London, und jederzeit konnten Teile von ihm wieder sichtbar werden!

Er rannte zurück zur U-Bahn-Station Camden Town. Wenn er nur so lange unsichtbar blieb, bis er im Zug nach Brinchester war, konnte er sich dann vielleicht in einer Toilette verstecken, während die Wirkung nachließ, und als ganz normaler Tom Bryant aussteigen.

Am Bahnhof Euston hatte er Glück. Der nächste Zug nach Brinchester fuhr in neun Minuten. Er fand einen Platz nicht weit von der Toilette und behielt die ganze Zeit seine Zehen im Auge, um sofort ins Klo zu stürmen, wenn auch nur das kleinste bisschen von ihm sichtbar würde. An jedem Haltebahnhof stand er auf und stellte sich in den Gang, damit sich keiner auf ihn setzte. Mehrmals musste er den Platz wechseln und entfernte sich dabei immer weiter von der Toilette. Weil er ständig auf seine Füße schaute statt auch mal aus dem Fenster, wurde ihm ganz schlecht. Aber er hatte sich unnötig geängstigt. Als er in Brinchester ankam, sah er immer noch von oben bis unten gläsern aus.

Auf dem Nachhauseweg rannte er dreimal gegen Leute, weil er weiterhin hauptsächlich seine Füße im Blick hatte und nicht den Weg. Er schaffte es aber, nicht »Entschuldigung« zu sagen, und die Leute gingen, zwar ein bisschen verwirrt, aber nicht misstrauisch weiter. Erst als Tom zu Hause ankam, fiel ihm auf, was der größte Haken an dem ganzen Unsichtbarkeitsabenteuer war: Zu Hause musste er wieder sichtbar sein.

Es war zwei Uhr. Dad würde um halb drei von der

Frühschicht kommen und Tom um halb vier aus der Schule zurückerwarten. Da hatte Tom noch eineinhalb Stunden, um wieder sichtbar zu werden. In der Hoffnung, dass es mit Hilfe der Brote, die er sich geschmiert hatte, schneller ging, futterte er sie alle auf. Aber das half nichts. Auch die Hoffnung, dass seine Simpel-Kleidung helfen würde, wenn er sein Zauberkapuzenshirt aus- und seine Schuluniform anzog, zerschlug sich sofort. Dann endlich fiel ihm ein, dass er die Violette Kraft hatte, und er dachte angestrengt daran, die Wirkung von Grans Trank rückgängig zu machen. Nichts funktionierte. Er schaute sich im Spiegel an. Von oben bis unten sah er immer noch wie aus Glas aus. Es gab keinerlei Anzeichen, dass der Trank allmählich seine Wirkung verlor.

Dads Schlüssel drehte sich in der Haustür. Tom rannte in den Garten. Selbst wenn er unsichtbar war, fühlte es sich nicht recht an, mit Dad im Haus zu sein, wenn er eigentlich in der Schule sein sollte. Die nächste Stunde beobachtete er, wie Dad im Garten werkelte, und versuchte weiterhin, Grans Zauber rückgängig zu machen. Als Dad wieder ins Haus ging, fiel ihm plötzlich ein, dass er seine Schultasche auf dem Küchentisch hatte liegenlassen. Er hatte ganz vergessen, dass sie natürlich sichtbar wurde, wenn er sie nicht berührte. Es war Glück, dass Dad sie nicht gleich bemerkt hatte – aber jetzt nahm er sie natürlich als Zeichen, dass Tom nach Hause gekommen war. Tom rannte zur Hintertür. Doch Dad war zuerst da.

»Tom?«, rief er die Treppe hinauf. »Ich habe gar nicht gehört, wie du reingekommen bist. Ich setze Teewasser auf.«

Dad machte zwei Becher Tee. »Tom! Tee ist fertig.«

Tom wusste sich absolut nicht mehr zu helfen.

»Tom! Wo bist du? Dein Tee wird kalt.« Dad rannte nach oben und schaute in Toms Zimmer nach. Seine Schritte bewegten sich von Zimmer zu Zimmer. Er klang allmählich ernsthaft besorgt. Für ihn war es ja, als sei Tom, ohne eine Spur zu hinterlassen, verschwunden. Genau wie Mum. Wenn Tom nicht bald wieder auftauchte, würde Dad ihn bei der Polizei als vermisst melden.

Nur ein Mensch konnte ihm jetzt noch helfen. Gran! Sie hatte den Trank zum Rückgängigmachen von Verzauberungen. Tom ging zum Ende des Gartens hinter die Bohnenstangen, wo man ihn nicht hören konnte, und holte Grans Zauberhandy heraus. Nummern waren darin nicht gespeichert. Aber wo ein Smartphone Apps hatte, war dieses Display voll mit Zaubereralphabet-Zeichen. Außerdem gab es ein Katzensymbol. Und das war einen Versuch wert.

Er drückte darauf und hörte sofort ein entferntes Klingeln. Dann ein Klicken.

»Tom! Tut mir furchtbar leid. Ich weiß, ich hab versprochen, dir eine SMS zu schicken, aber heute ist alles anders gelaufen als geplant. Und um es in einer SMS mitzuteilen, wurde es ein bisschen zu kompliziert. Wie geht es dir, mein Lieber?«

»Ich bin unsichtbar«, sagte Tom verzweifelt. »Bitte hilf mir. Wenn ich nicht bald wieder sichtbar bin, meldet Dad mich als vermisst.«

»Ooooh«, sagte Gran gedehnt. »Du auch.« Dann folgte ein sehr, sehr langes Schweigen. »Was hast du versucht?«

»Nur die Violette Kraft. Was anderes habe ich ja nicht. Kannst du mir den Trank zum Rückgängigmachen herbringen, Gran? Mit Superhochgeschwindigkeit?«

»Violette Kraft sollte eigentlich reichen. Was hast du dir gedacht?«

»Gran, es tut mir so leid. Mittlerweile sollte ich wissen, dass ich Rikes großartigen Ideen nicht trauen sollte, aber ich wollte so wahnsinnig gern dabei sein, wenn du Mum fandest.«

»Nein, mein Lieber, ich meinte nicht, was du dir dabei gedacht hast, Rike zu vertrauen, sondern an was du gedacht hast, als du mit der Violetten Kraft versucht hast, dich wieder sichtbar zu machen? Die Violette Kraft wirkt nur durch Gedanken, aber es ist wichtig, dass es die richtigen sind.«

»Ich habe daran gedacht, die Wirkung deines Tranks rückgängig zu machen.«

»Das ist vielleicht nicht ganz der richtige Gedanke. Wenn dein erster Gedanke nicht wirkt, dann musst du immer einen zweiten ausprobieren, Tom.«

»Wie zum Beispiel?«

»Na, was soll denn jetzt passieren? Was möchtest du wirklich?«

Warum war Gran so langsam? Es war doch klar, was er wollte. »Ich will natürlich sichtbar werden!«

»Richtig. Jetzt hast du es. Denk den Gedanken. Ganz fest. Konzentrier –«

»Ach, da bist du ja!« Dad kam um die Bohnenstangen herum. »Ich habe dich überall gesucht. Warum um Himmels willen sitzt du auf dem Komposthaufen?«

Tom starrte Dad einen Moment lang an, dann schaute er an sich selbst herunter – seine Beine, Arme, sein ganzer Körper, alles war festes, sichtbares Fleisch.

»Vielen, vielen Dank!«, sagte er schnell ins Telefon. »Alles klar dann.« Er ließ das Handy sofort in seine Tasche gleiten.

»Also ehrlich, ihr Kinder heutzutage«, sagte Dad. »Da seid ihr den ganzen Tag zusammen in der Schule und, kaum zu Hause, schon wieder am Telefon. Komm rein und trink einen Tee mit mir. Jetzt mache ich besser frischen.«

22

Wenn Dad Frühschicht hatte, ging er immer zeitig zu Bett. Sobald er sich hingelegt hatte, machte Tom den Computer an und suchte Madagaskar. Irgendwas hatte er seit dem Morgen im Hinterkopf, aber er kam nicht drauf, was. Madagaskar war entsetzlich weit weg. Fast zehntausend Kilometer. Konnte Grans Teppich so weit fliegen? Natürlich. Der Zauber war ja hineingewebt. Er kam nicht von einem Trank, dessen Wirkung irgendwann schwächer wurde.

Als Nächstes schaute Tom Schildkröten nach. Er las die Liste der Namen durch und versuchte sich daran zu erinnern, wie die Frau im Zoo das Exemplar bezeichnet hatte, das nach Madagaskar geschickt worden war. Welche Gründe hatte sie dafür noch mal genannt? Er fand den Namen, und dann merkte er, was die ganze Zeit in ihm rumorte. Es war eine vom Aussterben bedrohte Madagassische Schnabelbrustschildkröte. Sie hatten sie zurück nach Madagaskar zu ihren Artgenossen geschickt, weil sie dort herkam

und womöglich zum Weiterbestehen der Art beitragen konnte. Doch warum hätte sich Mum in eine seltene, gefährdete Schildkrötenart und nicht in eine ganz gewöhnliche wie Henry verwandeln sollen?
Tom zog seinen Schlafanzug an, doch je mehr er nachdachte, desto unwahrscheinlicher fand er es, dass Mum in Madagaskar fröhlich Eier legte. Viel wahrscheinlicher war, dass sie immer noch irgendwo in der Nachbarschaft in einem Garten herumwanderte. Sie hätten mit der Suche nach ihr hier nicht aufhören dürfen.
Das musste er mit Gran besprechen. Er nahm das Zaubertelefon, überlegte es sich dann aber noch einmal anders. Für den Fall der Fälle war es vielleicht doch sinnvoll, dass sie nach Madagaskar flog, und mit Superhochgeschwindigkeit sollte es auch nicht zu lange dauern. Heute Nacht würde er allein suchen.
Er zog seinen Kapuzenpulli über den Schlafanzug, ging auf Zehenspitzen nach unten und schlüpfte in seine Schuhe. In der Küche blieb er einen Moment lang stehen und horchte auf die Geräusche im Haus, das Knarzen, das Raunen, das Rasseln, all das, was er nie gehört hatte, als seine Zauberkräfte noch nicht geweckt worden waren. Dann ging er durch die

Hintertür, zog sie so sorgsam zu, dass es kaum im Schloss klickte, und sperrte sie mit seinem Schlüssel ab.

Allein auf die Suche zu gehen fühlte sich schon merkwürdig an. Bevor er loszog, ging er sogar hinter den Bohnenstangen nachschauen, ob der Teppich da war. Vielleicht hatte Gran ja die gleiche Idee gehabt wie er. Aber natürlich war er nicht da. Gran war vermutlich schon auf dem Weg nach Madagaskar.

Tom suchte und schnüffelte stundenlang. Er hatte den Eindruck, dass seine Sinne nicht ganz so geschärft waren wie in den Nächten davor. War er mittlerweile daran gewöhnt, wie Gran erwartete, oder schwand die Wirkung des Extrawach allmählich doch? Vielleicht hatte er ja auch gar keine Violette Kraft.

Wahrscheinlicher war aber, dass er einfach nur hundemüde war. Er war früh aufgestanden und davor auch lange wach gewesen. Und sein Wochenende mit Gran und Rike war aufregender gewesen als ein Monat in einem Freizeitpark. Logisch, dass er müde war. Bald wurde es schon hell. Wenn er bis morgen Nacht keine guten Nachrichten aus Madagaskar bekam, würde er weitersuchen. Jetzt war es höchste Zeit, schlafen zu gehen.

Im Schatten der Hecken und Zäune, im Kopf nur Schildkröten, echte und verwandelte, lief Tom nach Hause. Als er an der Hintertür ankam und gerade in seiner Schlafanzughose nach seinem Schlüssel suchen wollte, strahlte auf einmal helles Licht aus dem Küchenfenster. Dad musste aufgewacht und heruntergekommen sein, um sich was zu trinken zu holen!

Tom zog sich die Kapuze so weit wie möglich ins Gesicht und ging auf Zehenspitzen rückwärts. Wenn er es nur um die Garagenecke schaffte, war er für seinen Vater nicht mehr zu sehen.

KLANK! Mit dem Fuß war er an die alte Metallschüssel mit Katzenfutter gekommen, die Dad immer für die Igel rausstellte. Sie kippelte, klapperte scheinbar eine Ewigkeit halb im Kreis herum und fiel dann scheppernd wieder an Ort und Stelle.

Die Hintertür wurde aufgerissen. Im Bademantel, eine Milchflasche in der Hand, stand Dad da. Tom erstarrte wie ein Kaninchen im Scheinwerferlicht eines Autos. Dad blickte ihm direkt in die Augen!

Minuten schienen zu verstreichen. Minuten, in denen Tom das Gefühl hatte, als platzte sein Gehirn, während er verzweifelt versuchte, sich eine Erklärung auszudenken, warum er mitten in der Nacht draußen im Garten war.

»Hallo, alter Knabe.« Dad wirkte einen Hauch überrascht, aber weder erstaunt noch böse.

Tom öffnete den Mund, um etwas zu sagen, aber es kam nur so was wie ein Räuspern heraus.

Jetzt lächelte Dad sogar. »Ah, du willst wohl an das Futter für die Igel, was?«, sagte er.

Wie bitte? Obwohl Dad lächelte, wurde Tom jetzt banger zumute als vorher, als sie zuerst einander gegenübergestanden hatten. Das war komisch.

»Dann komm.« Dad drehte sich kurz um, stellte die Milchflasche weg und hatte eine Dose in der Hand. »Ich geb dir was. Aber unten im Garten. Ich will nicht, dass du dir angewöhnst, bis zur Hintertür zu kommen und um Futter zu betteln. Manche Leute mögen solche wie dich überhaupt nicht im Garten.«

Toms Erschrecken nahm kein Ende. Was redete Dad da? Für wen hielt er Tom? Hatte der Kapuzenpulli schon wieder gezaubert? Dad ging an ihm vorbei. Übernatürlich groß ragte er über ihm auf. Tom ging zur Seite in das Blumenbeet und sah seinem Vater zu, wie er auf den Gehwegplatten neben dem Gartenschuppen Katzenfutter auslegte.

»So, bitte schön, alter Knabe.« Dad drehte sich um und schaute ihn wieder direkt an. »Ah, du zierst dich. Willst nicht fressen, wenn ich zugucke? Okay, ich geh schon rein. Genieß dein Mitternachtsmahl.«

Vollkommen verwirrt und verängstigt blieb Tom eine scheinbare Ewigkeit in dem Blumenbeet stehen und starrte auf die geschlossene Tür. Sah, wie das Licht in der Küche ausging und dann neben den Gardinen in Dads Zimmer oben noch länger ein bisschen Helligkeit nach draußen drang. Dann wurde es auch dort dunkel. Und er wartete immer noch weiter. Dad sollte Zeit haben, tief und fest einzuschlafen.

Erst dann wollte er wieder ins Haus gehen und endlich auch ins Bett.

Aber er konnte nicht in die Schlafanzugtasche fassen und den Schlüssel herausholen. Seine Arme funktionierten nicht richtig.

Verwundert schaute er an sich herab – statt zwei Armen und zwei Beinen sah er vier Beine, kurze Beine, was erklärte, dass Dad so groß gewirkt hatte. Und statt des Kapuzenpullis und des Schlafanzugs trug

er einen Pelz. Einen roten Pelz, nur die Spitze des buschigen Schwanzes war weiß.
Er war ein Fuchs.

23 Herrje, wie war das nun wieder passiert? Offensichtlich lag es an der Violetten Kraft, aber die wirkte durch Gedanken, und an Füchse hatte er nicht gedacht. Sondern an Schildkröten. Und an Verwandeln. Oh. Verwandeln. Das war's gewesen, aber genau davor hatte er Angst: aus Versehen zu zaubern.

Jetzt musste er es rückgängig machen. Verwandeln, verwandeln, dachte er hektisch. Verwandeln, verwandeln. Es funktionierte nicht, und er wurde immer müder. Vielleicht war er zu müde.

Was würde Gran machen?, dachte er. Und dann erinnerte er sich an ihre Worte. Wenn dein erster Gedanke keine Wirkung zeigt, musst du einen zweiten ausprobieren. Was soll passieren? Was willst du wirklich?

Ich sein, dachte Tom. Nein, ich ist vielleicht auch Fuchs, gerade so wie Gran auch Katze ist. Junge, Tom, Junge, Tom, Junge …

Es klappte. Plötzlich hatte er wieder das Gefühl, als

ob sein Gehirn platzte, aber er spürte auch noch anderes, das er nicht gespürt hatte, als er nur krampfhaft darüber nachgedacht hatte, was Dad wohl sagen würde. Er spürte, wie er sich streckte und wuchs. Als der Pelz sich von seinem Kopf abschälte und stattdessen die Kapuze kam, kitzelte es ein wenig. Dann spürte er den Drang, sich auf die Hinterbeine zu stellen, die – mit Schlafanzughose! – aus dem schrumpfenden Pelz barsten. Als letztes Stückchen Fuchs verschwand der buschige Schwanz. In wenigen Sekunden war alles vorbei.

Der Schlüssel für die Hintertür war auch noch in seiner Schlafanzugtasche. Er schloss auf, ging hinein, und als er die Treppe hochschlich, betrachtete er sich sehr genau im Spiegel, um ganz sicherzugehen, dass alles an ihm wieder menschlich war. Dann fiel er auf sein Bett. Ihm war schlecht, und er hatte Kopfschmerzen.

Tom rührte sich erst wieder, als er plötzlich etwas Schweres auf seinem Bett spürte. Und dann etwas Leichteres auf der Stirn. Stöhnend drehte er sich um.

»Tom?« Dad saß auf der Bettkante, die Hand auf Toms Stirn. »Warum trägst du deinen neuen Pullover im

Bett? Hast du heute Nacht gefroren? Ich glaube, du hast Fieber – du siehst ein bisschen schädderig aus.«

»Oh, echt, Dad? Ich hab nicht gut geschlafen.« Er fühlte sich auch ein bisschen schädderig, als hätte er sich noch nicht richtig von einer Grippe erholt.

»Ich hab auch eine Weile gebraucht, bis ich mich aus dem Bett aufraffen konnte«, sagte Dad. »Ich bin heute Nacht runtergegangen, um was zu trinken, und da habe ich einen Fuchs aufgescheucht.«

»Echt?«, kiekste Tom.

»Ja. Ich weiß natürlich, dass hier welche rumlaufen, aber ich habe noch nie einen bei uns im Garten gesehen. Tom, ich glaube, du hast dir das Virus eingefangen, das rumgeht. Ich sage in der Schule Bescheid, dass du heute nicht kommst. Und ich rufe bei der Arbeit an und nehme einen Tag Urlaub.«

»Nein, ehrlich, Dad, geh ruhig zur Arbeit. Du brauchst dich nicht um mich zu kümmern. Ich brauche nur noch ein bisschen Schlaf.«

»Du bist elf. Natürlich muss sich einer um dich kümmern. Ich mache dir jetzt eine schöne Tasse Tee, und dann kannst du so lange schlafen, wie du willst.«

Als Dad mit dem Tee kam, war Tom schon wieder eingeschlafen und wachte auch erst um die Mittagszeit auf. Es ging ihm viel besser, und er aß die Suppe, die ihm sein Vater gebracht hatte, mit ebenso großem Appetit wie das Schinkenbrot.

»Ich hatte ein komisches Gespräch mit eurer Schulsekretärin«, erzählte Dad. »Als ich ihr gesagt habe, ich wollte dich heute zu Hause behalten, weil du dich nicht wohl fühlst, meinte sie: ›Danke, dass Sie Bescheid sagen, aber es wäre hilfreich gewesen, wenn Sie das schon gestern getan hätten.‹ Gestern! Wie soll ich denn gestern wissen, dass du heute krank bist?«

»Was hat sie denn noch gesagt?«, fragte Tom nervös. »Und du, was hast du noch gesagt?«

»Nichts. Ich glaube, sie hatte gerade viel zu tun. Und ich dachte, es wäre unhöflich, ihr zu sagen, dass sie nicht so eine dumme Bemerkung machen sollte, und habe nur gelacht und dann aufgelegt.«

»Vielleicht hat sie mich mit jemandem verwechselt, der gestern gefehlt hat«, murmelte Tom in sein Suppenschälchen.

»Ja, wahrscheinlich. Meine Güte, was ist das denn für ein Krach? Ach so, natürlich. Sie machen den Soundcheck für den Talentwettbewerb im Park. Ich hab vergessen, dass es heute Abend ist.«

»Ich auch.« Tom sprang aus dem Bett. »Gut, dass es

mir bessergeht. Matt würde mir nie verzeihen, wenn ich nicht käme und für Kerry klatschte.«
»Tut mir leid, Tom, aber du kannst auf keinen Fall tagsüber in der Schule fehlen, weil du krank bist, und dann abends bei einem Wettbewerb auftauchen, der sogar noch läuft, wenn du normalerweise schon im Bett bist. Matt und Kerry, die verstehen das schon.«
»Aber Dad, ich war nicht krank, nur müde. Jetzt wo ich geschlafen habe, geht's mir wieder gut.«
»Das war keine normale Müdigkeit. Du warst gar nicht du selbst. Wenn du wirklich wieder ein bisschen besser beieinander bist, kannst du runterkommen und heute Nachmittag fernsehen, aber nach dem Abendessen will ich dich sofort wieder im Bett haben. Mit etwas Glück geht es dir morgen so gut, dass du wieder in die Schule kannst.«

Um Viertel vor acht war Tom zurück im Bett.
»Du kannst noch eine halbe Stunde lesen«, sagte Dad, »aber länger nicht. Du brauchst immer noch viel Schlaf, wenn du morgen für die Schule fit sein willst.«
»Ich glaube, ich lese nicht mehr«, sagte Tom, kuschelte sich in die Bettdecke und tat sein Bestes, um den

Eindruck zu erwecken, dass er einfach nur schlafen wollte und es ihm egal war, dass er nicht rausdurfte, um seine Freunde zu treffen.

»Brav, mein Junge. Wenn der Wettbewerb zu laut wird, stopf dir ein Stückchen Papiertaschentuch in die Ohren. Das mache ich auch.« Dad ging wieder nach unten.

Tom wartete, bis er hörte, das Dads Lieblingssendung im Fernsehen lief. Dann schlüpfte er aus dem Bett, zog sich an und stopfte seine Schultasche und ein Kissen unter die Zudecke, damit das Bett nicht leer aussah. Der Wettbewerb sollte um neun beginnen, und er war mit Matt in gut einer halben Stunde verabredet.

Der Nachmittag war grauenhaft langsam vergangen. Jedes Mal, wenn Dad gerade nicht im Zimmer war, hatte Tom versucht, Gran mit dem Zaubertelefon zu erreichen, aber es klingelte nicht mal. Bedeutete das, sie war schon in Madagaskar? Hatte sie die Schildkröte schon gefunden? Aber wenn sie keinen Empfang hatte, konnte sie ihm das natürlich nicht sagen. Er musste sich irgendwie ablenken. Zum Wettbewerb zu gehen würde helfen. Er wollte nicht lange bleiben, nur so lange, bis er Kerry gehört hatte. Und danach, sobald es richtig dunkel war, weggehen und wieder anfangen zu suchen. Und dieses Mal würde er mit der Nase und den Augen eines Fuchses jagen. Ganz leise öffnete er sein Fenster und schaute hinunter. Bis zum Dach der Veranda darunter war es nicht weit, aber würde es sein Gewicht aushalten? Und war seine Violette Kraft nach der ganzen Schlaferei heute schon wieder stark genug?

Er holte tief Luft und dachte Fuchs. Fuchs Fuchs Fuchs Fuchs Fuchs.

Er hatte gedacht, es ginge schnell und täte nicht weh. Schließlich hatte er letzte Nacht nicht mal gemerkt, wie es passiert war. Doch weil er dieses Mal darauf wartete und achtete, spürte er, wie sich seine Haut ein wenig zusammenzog und er schrumpfte, ja, als würde er von allen Seiten behutsam zusammengedrückt. Dann wurde sein Kinn nach vorn gezogen, sein Kopf veränderte die Form, und gleichzeitig breitete sich wie eine Flutwelle der rote Pelz über ihn. Es begann an den vier Pfoten und, so wie es sich anfühlte, an der Nasenspitze, und der ganze Vorgang dauerte sicher keine zwei Sekunden.

Er sprang auf das Verandadach und dann auf den Boden. Gestern Nacht war er zu erschreckt gewesen und hatte nicht gemerkt, wie sich ein Fuchs fühlt. Jetzt merkte er es. Er dachte als Tom, doch sein Körper war ganz Fuchs, und er war überrascht, wie schnell und leichtfüßig er war.

Er rannte durch den Garten und schob sich durch das Loch in der Hecke, durch das Henry immer kam und ging. Er schlich durch Blumenbeete und Sträucher, quetschte sich durch Lücken und kletterte über Zäune. Einundzwanzig Gärten später kam er ans Ende der Straße. Zwischen ihm und dem Park lag nur noch die Hauptverkehrsstraße.

Auf der war allerhand los. Ein Polizist dirigierte die vielen Autos auf einen provisorischen Parkplatz. Über den Bürgersteig liefen Scharen von Fußgängern; manche mussten sogar auf die Straße ausweichen. Aus einem haltenden Bus strömten noch mehr Leute.

Tom wartete, bis der Bus wieder anfuhr, dann rannte er, so schnell er konnte, los.

Quie-ie-ie-ietsch!

Oje, er hatte so angestrengt nach einem Weg durch die Passanten gesucht, dass er vergessen hatte, auf die Autos zu achten. Bremsen quietschten, als er über die Straße schoss. Und als ein Auto nur um Zentimeter seinen Schwanz verfehlte, spürte er einen regelrechten Windstoß. Die Leute drehten sich um und guckten.

»Habt ihr den Fuchs gesehen?«, hörte er jemanden sagen, als er über das Parkgeländer sprang.

Das Herz klopfte ihm bis zum Hals, als er unter ein Gebüsch kroch und sich hinlegte. Das hätte sein Ende sein können. Und keiner hätte es je erfahren. Er wäre nur ein weiterer toter Stadtfuchs gewesen. Aber auch ein Junge, der, ohne eine Spur zu hinterlassen, verschwunden war. Wie seine Mutter.

Als sein Herz wieder normal schlug, kroch er durch Büsche, bis er eine offene Rasenfläche und die Bühne im Blick hatte. Es waren schon sehr viele Zuschauer da. Sie lagen auf Decken oder saßen auf Klappstühlen, und vor den Hotdogständen und Eiswagen hatten sich lange Schlangen gebildet. Nun musste er Matt dort draußen suchen. Aber vorher erst mal wieder Tom werden.

Er kroch zurück ins Gebüsch, damit ihn wirklich niemand sah, wenn er sich verwandelte … Und da fiel sein Blick auf etwas: einen kleinen Lichtflecken unten auf dem Boden. In einem rauchblauen Farbton, ungefähr so groß wie ein Igel. Das Licht bewegte sich. Es kam näher. Langsam.

Toms Herz hämmerte wieder wie verrückt. Er stolperte auf das Licht zu, es blieb stehen. Doch dann war er so dicht davor, dass er die Pfote ausstrecken und das Tier in dem Licht berühren konnte. Sofort zog sich der Kopf des Tieres zurück und verschwand in einem Panzer. Es war eine Schildkröte. Eine verwandelte Schildkröte.

24

Mum!, dachte Tom, so nachdrücklich er konnte. Mum Mum Mum Mum Mum!

Er spürte ein komisches Kitzeln in seiner Haut und begriff gerade noch rechtzeitig, was er machte. Nein, nicht Mum. Nicht Mum! Wenn er das dachte, verwandelte er sich selbst in Mum! Hier musste ein anderer Zauber angewendet werden, aber er wusste nicht, was für einer.

Dann erinnerte er sich. Natürlich wusste er, was für einer. Den hatte er ja angewendet, als Rike eine Ratte war. Er brauchte bloß zu niesen.

Überall um ihn herum waren die Gerüche von Büschen, Gras, Würmern, Insekten und jetzt auch ein Hauch Schildkröte. Alles angenehme, vertraute Düfte für seine Fuchsnase, nichts, was sie reizte. Wie konnte er sich zum Niesen bringen? Vielleicht einen Grashalm in die Nase stecken. Das war leichter gesagt als getan – der Grashalm verbog sich immer. Ach, komm, Nase, nies endlich, bitte nies! Nies einfach!

HAAAATSCHIIII!

Der Schnodder flog überall hin, nur nicht auf die Schildkröte. Ach, du dummer Fuchs, dachte Tom. Ich hätte gleich fest an ›niesen!‹ denken sollen. Er beugte sich über die Schildkröte und dachte mit aller Kraft ans Niesen.

HAAAATSCHIIIII! TSCHIIII! IIIII!

Es regnete Tröpfchen. Der Kopf schoss aus dem Panzer und wurde riesengroß. Die Schildkröte erhob sich auf die Hinterbeine und wurde über einen Meter fünfzig groß. Da stand sie dann, eine monströse, missgestaltete Schildkröte. War Mum so lange eine Schildkröte gewesen, dass sie sich nicht vollständig zurückverwandeln konnte?

Hektisch begann Tom mit seinen pelzigen Zehen zu zählen. Es waren doch nicht etwa die sieben Jahre und sieben Tage schon vergangen? Nein, es war nicht zu spät.

Dann erinnerte er sich, dass Rike auch mittendrin im Zurückverwandeln hängengeblieben war und ihn inständig gebeten hatte, noch ein paarmal zu niesen. Nies, dachte er. Nies nies NIES.

Als er dann noch einmal geniest hatte, geschah alles sehr schnell. Der Panzer verschwand. Die ledrige Haut rollte sich von Kopf und Hals. Tom schnappte nach Luft. Das Kleid, die riesigen roten Mohnblüten auf dem weißen Grund – jetzt, da er es wieder vor Augen hatte, erinnerte er sich überdeutlich. Und an das Gesicht. Erinnerte er sich wirklich an das Gesicht, oder war es nur so vertraut, weil es Rike so ähnlich sah?

Mum stand vor ihm, mit leerem Blick, sie erkannte ihn nicht.

»Mum …«, wollte er sagen, aber es kam als heiseres Bellen heraus. Natürlich erkannte sie ihn nicht!

Ich, dachte er. Tom, ich meine, Junge Junge Junge Junge. Er duckte sich schnell unter einen Baum, damit er sie nicht erschreckte, wenn er sich vor ihren Augen verwandelte. Er verwandelte sich auch sofort und stieß mit dem Kopf an einen Ast, als er zu seiner menschlichen Größe hochwuchs.

»Mum!« Ganz vorsichtig, um sie nicht zu erschrecken, trat er unter dem Baum hervor, doch er hätte sich keine Sorgen zu machen brauchen. Sie nahm ihn kaum zur Kenntnis, denn in dem Augenblick schallten die ersten Ankündigungen aus den Lautsprechern auf der Bühne.

»Oh!«, stieß Mum hervor. »Ich bin zu spät!« Und bevor Tom sie davon abhalten konnte, rannte sie aus den Büschen und über den Rasen. Sie war erstaunlich schnell für jemanden, der die letzten sieben Jahre als eines der langsameren Tiere dieser Erde verbracht hatte.

Tom lief hinter ihr her, aber es fiel ihm sehr schwer, mitzuhalten – er zitterte noch vor Schreck. Es ist Mum! Sie ist wieder da! Sie ist wirklich wieder da!

Mum rannte um die Zuschauermenge herum und dann auf ein Festzelt hinter der Bühne zu, das ein Schild mit der Aufschrift »Aufenthaltsraum« trug. Ein Mann und eine Frau saßen am Eingang. Als Mum bei ihnen ankam, nahm der Mann ein Klemmbrett, stand auf und stellte sich ihr in den Weg. Tom hatte sie mittlerweile eingeholt. Doch zum Sprechen war er noch zu zittrig und außer Atem.

»Sie können hier nicht rein, meine Dame«, sagte der Mann. »Der Aufenthaltsraum ist nur für die Teilnehmer, die auf ihren Auftritt warten.«

»Aber ich bin Teilnehmerin«, sagte Mum. »Tut mir leid, dass ich so spät bin.«

Der Mann schaute auf sein Klemmbrett. »Der Name?«

»Annabel … Annabel …« Offenbar hatte Mum Schwierigkeiten, sich zu erinnern.

Tom rannte zu ihr und fasste sie am Arm. Er erinnerte sich, wie riesengroß sie ihm damals erschienen war. Komisch, dass sie jetzt nur etwa zwanzig Zentimeter größer war als er.

»Schon gut«, sagte er zu dem Mann. »Mum ist ein bisschen verwirrt. Ich gehe mit ihr nach Hause.«

Doch Mum schüttelte Toms Hand von ihrem Arm ab und brachte mit viel Mühe heraus: »... Annabel Cle–«

Die Frau stand von ihrem Stuhl auf. »Wenn Sie Annabel Clever-Best sind, dann sind Sie tatsächlich sehr spät.«

»Entschuldigung, ja das bin ich. Annabel Clever-Best. Also haben Sie mich doch auf der Liste.«

»Nein, haben wir nicht.« Der Mann drehte sich zu seiner Kollegin um. »Woher kennst du den Namen, Margaret?«

»Du kannst dich bestimmt nicht erinnern, Mike. Das war, bevor du hier nach Brinchester gezogen bist. In einem Jahr trat eine Teilnehmerin nicht an, und es stellte sich heraus, dass sie spurlos verschwunden war. Ich erinnere mich an den Namen. Und ich erinnere mich an die Schlagzeilen – Annabel Clever-Best, die Frau, die verschwand.«

»Verschwand?«, sagte Mum. »Ich bin nicht verschwunden. Ich bin hier.«

»Ja, das stimmt«, sagte die Frau, die Margaret hieß. »Warten Sie hier. Ich bin sofort zurück.« Sie ging rasch in den Aufenthaltsraum.

Tom hatte vollkommen vergessen, dass er Matt suchen und Kerry singen hören wollte. Jetzt wollte er nur noch Mum nach Hause bringen, nach Hause, wo sie hingehörte, zu ihm und Dad. Er fasste sie wieder am Arm.

»Mum, der Wettbewerb, für den du dich angemeldet hast, ist nicht dieses Jahr. Es ist etwas passiert, und du hast dein Gedächtnis verloren. Ich erkläre es dir auf dem Weg nach Hause.«

Wieder schüttelte sie seine Hand ab. »Wer bist du?«, sagte sie. »Nenn mich nicht immer Mum.«

Da konnte Tom nicht länger die Tränen zurückhalten, die ihm schon in die Augen gestiegen waren, als er die verwandelte Schildkröte gesehen hatte. Jetzt flossen sie, als seien alle Dämme gebrochen. »Ich bin's, Tom«, sagte er schluchzend. »Erkennst du mich nicht? Ich weiß, dass ich viel größer bin als damals, als du mich das letzte Mal gesehen hast, aber ich dachte …«

Da kam Margaret mit zwei weiteren Leuten aus dem Grünen Raum geeilt. Einer blätterte in einem dicken Aktenordner voller Zeitungsausschnitte, offenbar über frühere Wettbewerbsveranstaltungen.

»Schaut euch die Fotos an!«, rief Margaret aufgeregt. »Sie ist es, ganz bestimmt. Von den Toten auferstanden! Ach, das ist ja sensationell! Das kommt in den Nachrichten. Unser kleiner Talentwettbewerb wird berühmt.« Sie nahm Mum am Arm. »Kommen Sie mit, meine Liebe. Natürlich sind Sie auf der Liste. Als Allererste. Sie singen als Allererste.«

Sie führte Mum in das Zelt. Tom versuchte hinterherzugehen, aber der Mann, der Mike hieß, versperrte ihm den Weg. »Allem Anschein nach kennt die Dame dich nicht, Jungchen. Troll dich und belästige sie nicht weiter.«

Als Mum im Zelt verschwunden war, hatte Tom ein Gefühl, als hätte er sie wieder verloren. Ja, als hätte er sich das Ganze nur eingebildet und sie überhaupt nicht gefunden. Doch das Schlimmste war, dass sie ihn nicht erkannt hatte.

Ich habe viel zu viel erwartet, sagte er sich aber dann, und versuchte angestrengt, sich nicht so viel daraus zu machen. Mum meint, es ist die Zeit vor sieben

Jahren, als ich kaum einen Meter groß war und den Kopf voller Locken hatte.

Aber er wollte sie unbedingt sicher nach Hause bringen. Er musste jemanden dazuholen, mit dem sie mitgehen würde, jemanden, den sie wiedererkennen würde, jemanden, der sich in den sieben Jahren nicht so sehr verändert hatte. Er musste Dad holen. Aber das war nicht so einfach, denn Dad dachte ja, er läge im Bett.

25

Aber er hatte keine Wahl. Er musste reinen Tisch machen. Er nahm sein Telefon und wählte. Kaum hatte Dad abgenommen, fiel Tom ein, dass es mit Grans Zaubertelefon vielleicht unproblematischer geworden wäre. Aber jetzt war es zu spät.
»Tom?« Dad klang alarmiert. »Wieso um Himmels willen rufst du mich an? Bist du zu krank, um einfach so zu rufen?«
»Dad, Dad ...« Tom hörte, wie sein Vater die Treppe hoch in sein leeres Zimmer rannte.
»Tom? Wo zum Henker bist du?«
»Im Park. Dad, ich weiß, du wirst böse, aber hör mir einen Moment zu. Ich muss dir was Wichtiges erzählen.«
»Okay, ich höre. Aber wenn es nichts Gutes ist, werd ich stinksauer.«
»Es ist besser als gut. Es ist das Beste. Mum ist wieder da. Sie ist hier. Beim Talentwettbewerb.«
Dass nun ein völlig perplexes Schweigen folgte, überraschte Tom nicht.

»Dad, sie ist wirklich hier. In dem rot-weißen Klatschmohnkleid, das sie anhatte, als sie verschwunden ist. Aber sie hat mich nicht erkannt, und die Wettbewerbsleute wollen, dass sie singt, und …«

»Tom. Offenbar hast du wieder Fieber. Oder bist sogar im Delirium. Bleib, wo du bist. Ich hole dich gleich ab.«

»Dad …«, sagte Tom, doch es klickte in der Leitung, sein Vater hatte aufgelegt.

Zumindest kam er her. Wenn er Mum erst mal gesehen hatte, war sicher alles gut. Aber wie um alles in der Welt wollte er Tom in der riesigen Menschenmenge finden? Das hätte ich mitbedenken sollen, dachte Tom.

Er wandte sich von der Bühne ab und rannte durch den Park zurück zur Hauptstraße. Dad würde durch das Tor kommen, das von ihrer Straße aus das nächste war. Dort würde er ihn abfangen und gleich mit ihm zum Aufenthaltsraum gehen.

Dad brauchte weniger als fünf Minuten bis zum Tor. Er trug seine alten Gartenklamotten und die Latschen.

»Tom, Gott sei Dank. Ich hätte gar nicht gewusst, wo ich dich finden sollte. Fühlst du dich gut genug, dass du nach Hause laufen kannst, oder soll ich dich huckepack nehmen?«

»Ich bin nicht krank, Dad, los, komm mit, hierher!« Tom rannte in Richtung der Bühne.

»Tom!« Dad konnte in seinen Latschen nicht besonders gut laufen und holte Tom erst ein, als der schon bei der Zuschauermenge angekommen war und langsamer gehen musste. »Tom …!«

Mit einem ohrenbetäubenden Knacken wurden die Lautsprecher auf der Bühne eingeschaltet. »Frau Bürgermeisterin, meine Damen und Herren, Jungs, Mädchen und Hunde, heute Abend haben wir eine sehr besondere Überraschung für alle. Viele von Ihnen oder euch werden sich an den mysteriösen Vorfall erinnern, als vor ein paar Jahren eine unserer Teilnehmerinnen einfach spurlos verschwand.«

Dad schnappte nach Luft und packte Tom an der Schulter. So fest, dass es weh tat.

»Dad …«, fing Tom an, aber der Lautsprecheransager übertönte ihn.

»Zu meiner großen Freude kann ich Ihnen mitteilen, dass sie heute Abend wieder da ist und jetzt für uns singen wird. Meine Damen und Herren, hier ist … Annabel Clever-Best.«

Ein Scheinwerferlicht richtete sich auf die Bühne.

»Nein«, murmelte Dad. »Nein. Das ist unmöglich.«

Auch in der Menge wurde laut nach Luft geschnappt: Immer mehr Leute erkannten Mum. Reglos stand sie in der Bühnenmitte und schaute mit leerem Blick über die Köpfe der Zuschauer hinweg. Tom hatte Angst um sie. Sie sah nicht gut aus. Aber sie wartete nur, bis die Leute ruhig wurden, und als alle schwiegen, stieg ihre reine, unbegleitete Stimme in die stille Abendluft.

»Voi che sapete ...«

Dad strömten die Tränen übers Gesicht.

»Was ist das?«, sagte Tom. Als er Dad weinen sah, weinte er auch.

»Es ist Italienisch. Aus einer Mozart-Oper. Psst. Hör nur die Melodie.«

Dann war das Lied zu Ende, und es herrschte einen Moment lang Stille, bevor alle anfingen zu klatschen und in Jubelrufe auszubrechen. Mum verbeugte sich und lächelte ganz fein, doch als die Blitze aus den Kameras wie ein Feuerwerk in der Zuschauermenge aufglühten, schwand ihr Lächeln, und sie sah wieder ganz benommen und verloren aus. Mike und Margaret kamen auf die Bühne und führten sie weg.

Dad erwachte aus seiner Erstarrung. »Wohin bringen sie sie?«, fragte er Tom.
»In das Zelt. Hintenrum. Komm, es geht hier entlang.«
Sie rannten los. Dad verlor einen Latschen, aber er hörte nicht auf zu laufen, bis sie am Aufenthaltsraum waren. Dort blieben sie stehen, und Dad schaute verwundert ein Mädchen an, das aus einer anderen Richtung kam und wie eine Miniversion seiner Frau aussah.
»Rike!«, sagte Tom. »Ich wusste nicht, dass du hier bist.«
Rike, sogar mal um Worte verlegen, stotterte: »Ich fass es nicht … Ich meine, ich freue mich tierisch für dich, aber wie kann es …«
Dad schaute von Rike zu Tom und von Tom zu Rike. »Kennt ihr euch?«, fragte er.
»Natürlich«, sagte Rike. »Wir sind Cousine und Cousin.« Sie schaute den schlampig gekleideten Mann mit dem einen Latschen und dem nackten Fuß verächtlich an. »Und wer sind Sie?«
»Das ist mein Dad«, sagte Tom. »Er ist in aller Eile von zu Hause hergekommen.«
Dad hatte es immer noch eilig. Er stürzte in das Zelt,

dicht hinter ihm Tom und Rike. Mum war von Leuten umgeben – dem Wettbewerbskomitee, Reportern, Fotografen –, die sie alle mit Fragen bombardierten. Sie sah verstört aus und schüttelte den Kopf.
Dad schob sich durch die Menschen. »Lassen Sie sie in Ruhe!«, rief er. »Sehen Sie nicht, dass Sie sie ganz durcheinanderbringen?«
»Wer sind Sie denn, bitte schön?« Mike stellte sich schützend vor Mum.
»Ich bin rein zufällig ihr Mann, wenn's recht ist.« Dad ging zu Mum, nahm sie in den Arm und küsste sie sanft. Aber sie blieb verstört und verwirrt. »Komm, Anna, Liebling«, sagte er. »Wir gehen nach Hause.«
Aber Mum erkannte Dad offenbar auch nicht. Sie schaute ihn nur verständnislos an. Tom sank der Mut. Konnte sie sich an gar nichts erinnern?
Die Frau, die Margaret hieß, blätterte noch einmal die Zeitungsausschnitte durch. Dann murmelte sie einem der Komitee-Mitglieder was zu, und alle zusammen schauten sie in den Aktenordner. Und blickten Dad an. Und schauten wieder in die Zeitungsausschnitte.
»Ihr Name, mein Herr?«, sagte der Mann, der Mike hieß.

»Richard Stephen Bryant«, sagte Dad ungeduldig. »Nicht, dass es Sie was angeht.«

»Es geht uns sehr wohl was an, mein Herr.« Mike blätterte auch in dem Aktenordner. »Wir haben sie gefunden, deshalb fühlen wir uns dafür verantwortlich, dass ihr nichts passiert. Ihre Adresse?«

»Park Avenue Nr. 43. Schauen Sie, sie hat ganz eindeutig ihr Gedächtnis verloren. Sie weiß nicht, was passiert ist oder wo sie gewesen ist. Wir müssen sie erst einmal nach Hause bringen.«

Die Komiteemitglieder schauten einander an.

»Das ist auch die Adresse auf ihrem alten Bewerbungsformular«, sagte Margaret. »Und nach diesem alten Foto in der Zeitung könnten Sie ihr Mann sein. Gut, nehmen Sie sie mit nach Hause. Aber wir sagen der Polizei Bescheid, wo sie ist.«

»In Ordnung«, sagte Dad. »Nimm du sie am anderen Arm, Tom. Komm, Anna. Wir gehen nach Hause und trinken eine schöne Tasse Tee.«

Sie wollten losgehen. Auf der Bühne spielte der nächste Teilnehmer was auf dem Xylophon.

»Ihr wollt gehen?«, sagte Rike. »Was ist denn, wenn sie im Wettbewerb weiterkommt? Was, wenn sie noch mal singen soll?«

»Gehen wir trotzdem«, sagte Tom. »Wen interessiert jetzt noch der Wettbewerb?«
Er und Dad führten Mum durch den Park.
»Wo gehen wir hin?«, fragte Mum.
»Nach Hause«, sagte Dad. »Du hast dein Gedächtnis verloren, Liebes, aber mach dir keine Sorgen, das kommt alles wieder.«
Ein Fotograf mit einer Riesenkamera überholte sie im Laufschritt, um sie von vorn fotografieren zu können.
»Lassen Sie uns in Ruhe, Sie erbärmlicher Wurm!«
Ohne zu denken, schubste Tom ihn weg. Die Kamera fiel zu Boden, und der Fotograf war weg.
»Was zum Henker ...«, keuchte Dad.
»Nein, nein, gut gemacht, Tom!«, sagte Rike hinter ihnen. »Genau richtig, die Violette Kraft so zu benutzen.«
Als Tom sich herumdrehte, erhaschte er einen kurzen Blick auf eine gelbe wurmförmige Aura, die im Gras verschwand, und sah Rike. »Rike, ich wusste nicht, dass du hinter uns warst. Kommst du mit zu uns nach Hause?«
»Da kannst du Gift drauf nehmen. Das will ich nun nicht verpassen, wo ich dir schon seit Freitag helfe, sie zu suchen.« Sie hakte sich bei Tom unter.

Dad blieb so jäh stehen, dass Mum ins Stolpern geriet. »Seit Freitag?«, sagte er. »Kann mir mal jemand erzählen, was hier gespielt wird?«

»Es ist kompliziert, Dad. Wir können später drüber reden. Bringen wir zuerst mal Mum nach Hause und sehen zu, dass es ihr bessergeht.«

»Wer seid ihr?« Mum runzelte die Stirn und schaute ihnen ratlos nacheinander in die Gesichter.

»Liebling, wir sind dein Mann und dein Kind«, sagte Dad beschwichtigend.

»Mein Kind? Ich habe ein Kind? Ja, natürlich habe ich ein Kind!« Mum zog ihre Arme von Dad und Tom weg und umarmte Rike.

26

Rike wand sich aus Mums Umarmung. »Ich bin deine Nichte. Wahrscheinlich meinst du, du kennst mich, weil ich so aussehe wie du. Aber Tom ist dein Kind, und du solltest sehr stolz auf ihn sein, denn er hat die Violette Kraft.«

Einen winzigen Moment lang dachte Tom, er hätte ein Flackern in Mums Augen gesehen.

»Was?«, fragte Dad sofort.

»Nicht jetzt, Rike«, zischte Tom. »Noch nicht!« Und an seine Mutter gewandt, sagte er: »Mum, ich war erst vier, als du ... als du mich das letzte Mal gesehen hast. Du erinnerst dich aber bestimmt an irgendwas von mir. Bitte versuch es. Erinnerst du dich nicht mal an mein rotes Haar?«

»Lass, Tom«, sagte Dad. Sie überquerten die Hauptstraße und bogen in die Park Avenue ein. »Ich weiß, das ist furchtbar für dich, aber sie kann nichts dafür. Amnesie ist was Seltsames.«

»Am– was?«, fragte Rike.

»Amnesie. Der Fachbegriff für Gedächtnisverlust«,

sagte Dad zu ihr und dann zu Tom: »Mum braucht vielleicht Monate oder Jahre einer speziellen Behandlung, um sich an irgendetwas zu erinnern.«

»Wie simpel!«, grummelte Rike. »Katz könnte das Problem im Handum–«

»Rike, nein!« Tom warf seiner Cousine einen bösen Blick zu und schüttelte den Kopf, aber es hatte keinen Zweck. Ihr war nicht klar, dass Dad komplett durchdrehen würde, wenn er wüsste, dass bei irgendwas von dem Ganzen Zauberei im Spiel war. Wenn sie erst mal Mum sicher wieder bei sich hatten, richtig zurück, mit intaktem Gedächtnis, dann konnte er vielleicht damit fertig werden. Aber jetzt noch nicht.

»Aber sie könnte es! Wir können sie jetzt nur nicht erreichen. Sie ist auf dem Weg nach Madagaskar. Wir müssen warten, bis sie zurück ist.«

Sie gingen durch das Durchgangstor von Nummer 43.

»Das ist unser Garten, Liebling«, sagte Dad. »Erinnerst du dich an etwas hier?«

Der Garten hat sich in den sieben Jahren mehr verändert als ich mich, dachte Tom. Wie wahrscheinlich ist es, dass sie sich an Blumen und Sträucher erinnert, wenn sie sich nicht an Menschen erinnert?

Während Dad den Schlüssel aus der Tasche angelte, trottete Henry über das kleine Stück Rasen. Er war auf dem Weg zu seinem Nachtquartier. Als Mum sah, wie die Schildkröte durch ein Loch in der Hecke verschwand, umspielte ein feines Lächeln ihre Lippen.
»Ja«, sagte sie leise. »Ich glaube, an etwas von hier erinnere ich mich.«
»Wirklich? Das ist toll!« Dad umarmte Mum, bevor er die Tür aufschloss und sie ins Wohnzimmer führte.
Tom und Rike standen noch auf der Schwelle und schauten zurück zu dem Loch, durch das Henry gegangen war.
»Na, das ist ja nicht so toll«, sagte Rike, »wenn sie sich einzig und allein an etwas erinnert, das mit der Schildkröte zu tun hat.«
»Das wird schon«, sagte Tom verzweifelt. »Es muss. Wir müssen ihr nur Erinnerungstee geben. Aber ich weiß, Gran hat keinen mehr, sie muss neuen machen. Wann, glaubst du, ist sie aus Madagaskar zurück?«
»Keine Ahnung. So weit ist der Teppich noch nie geflogen. Vielleicht braucht er Ruhepausen.«
»Wir können nicht auf sie warten. Rike, ich habe Angst. Wir haben nur noch zwei Tage. Wenn Mum nach sieben Jahren und sieben Tagen nicht wieder

ihr normales Ich zurückgewonnen hat, gewinnt sie es vielleicht nie mehr zurück! Wir müssen selbst Erinnerungstee machen. Komm rein – ohne dich kann ich das nicht.«

Tom, mit Rike im Schlepptau, riss die Tür zum Wohnzimmer auf. »Dad, die kleinen roten Bücher, die Mum hatte. Wo sind die? Haben wir sie noch?«

»Tom, es gibt sehr gute Gründe, warum ich die Bücher weggeschlossen habe.«

»Und es gibt sehr gute Gründe, warum wir sie jetzt brauchen!«, sagte Rike. »Deine Frau …«

Tom stieß sie mit dem Ellenbogen an. Er hätte den Moment, als sie allein auf der Türschwelle waren, nutzen sollen, um sie erneut zu warnen, dass sie nicht zu viel vor Dad sagte.

Aber es war schon in Ordnung. Dad hatte es missverstanden. »Aha, ich verstehe, was du meinst«, sagte er. »Vielleicht hilft es ihr, sich zu erinnern, wenn sie die Bücher sieht.«

Dad rannte nach oben und kam mit solch einer Metallkassette zurück, in der viele Leute Schmuck und wichtige Dokumente aufbewahren. Aus einer Schublade kramte er ein Bund mit alten Schlüsseln und probierte einen nach dem anderen aus.

»Können wir das Schloss nicht einfach aufbrechen?«, sagte Rike, doch in dem Augenblick hörte man es ein paarmal klicken, und die Kassette ging auf. Sie waren alle darin, die vier roten Bücher samt dem grünen, violetten und schwarzen.

»Welches brauchen wir?«, sagte Tom. Hoffentlich war der Erinnerungstee nicht zu schwer für Rike.

»Nummer drei, glaube ich. Aber nehmen wir das grüne auch, falls ich Schwierigkeiten mit dem Alphabet habe.«

»He, wartet eine Minute«, sagte Dad. »Ich dachte, diese Bücher seien für Mum. Wohin wollt ihr sie mitnehmen?«

»In die Küche natürlich«, sagte Rike fröhlich. »Ich habe es gefunden, Tom. Es ist in Buch drei. Und ich kann es lesen.«

»Nein!« Dad riss Rike beide Bücher aus der Hand. »Ich hätte sie alle vernichten sollen. Ich habe es dir nie erzählt, Tom, aber ich habe oft gedacht, wenn deine Mutter diese Bücher nicht gehabt hätte, wäre sie vielleicht nie verschwunden.«

Nun war es wirklich an der Zeit, ihm die Wahrheit zu sagen.

»Du hast recht, Dad«, sagte Tom. »Sie wäre nicht verschwunden. Aber sie ist verschwunden, weil sie einen winzigen Fehler gemacht hat, nicht weil die Bücher schlecht sind. Bitte, lass uns die Bücher. Wir brauchen sie, um Mum zurückzubringen.«

»Sie ist zurück, Tom.«

»Aber nicht ganz. Sie braucht ihr Gedächtnis. Und wir können ihr helfen, es zu finden.«

»Mit den Büchern? Ihr könnt sie ja nicht mal lesen.«

»Doch, Rike kann sie lesen.«

»Rike?«

»Ach, tut mir leid, das bin ich. Ich habe gar nicht gesagt, wie ich heiße. Friederike Clever-Best. Mein Vater ist Annabels Bruder Damian.«

»Das habe ich mir schon gedacht. Aber du bist genauso jung wie Tom. Wenn es schon schiefging, als Annabel es angewendet hat ...«

»Mit Tom geht es nicht schief. Er ist toll. Er hat mehr Zauberkräfte als Katz.«

»Wer?«

»Unsere Großmutter«, sagte Tom.

»Ich fass es nicht.« Dad ließ die Bücher los, schlug die Hände vor den Kopf und sank neben Mum auf die Couch.

Rike nahm schnell Buch drei und rannte in die Küche.
»Was hat der Mann?«, fragte Mum.
»Das ist Richard«, sagte Tom. »Dein Ehemann. Du hast ihn immer Rick genannt. Ich mache euch beiden eine Tasse Tee.« Auch er ging in die Küche.
»Die meisten Zutaten sind ganz normal«, sagte Rike und öffnete eine Schranktür nach der anderen. »Wir kriegen sie im Supermarkt, wenn ihr sie nicht hier habt. Tee, ja, Broccoli, ja, Gelbwurz, ja. Honig, ja, Nüsse, ja.«
»Gut, dass wir uns gesund ernähren«, sagte Tom.
»Rote Bete. Rosmarin.«
»Im Garten.« Tom nahm sich eine Taschenlampe und lief schnell in den Garten. Die Rote-Bete-Knollen waren noch nicht ausgewachsen und winzig. Aber er zog die ganze Reihe aus. Als er dann eine Handvoll weiche Zweiglein von dem Rosmarinstrauch abpflückte, verbreitete sich der Duft gleich in der Nachtluft.
In der Küche hatte Rike schon einen großen Topf gefunden und brachte darin alle Zutaten zum Kochen. Tom warf die kleinen Rosmarinzweige hinein und wusch die Erde sorgfältig von den winzigen Rote-

Bete-Knollen ab, bevor er sie auch in den Topf tat.

»Das ist alles?«, fragte er.

»Leider nicht.«

»Was meinst du mit ›leider‹? Du hast gesagt, wir könnten auch alles im Supermarkt besorgen.«

»Ja, bevor ich die Liste ganz gelesen hatte. Wir brauchen noch eine Zutat. Zerriebene Pokowokopblätter.«

»Was um alles in der Welt ist das denn?«

»Die Zauberzutat. Kurzform Poko.«

»Klingt schräg. Bist du sicher, du hast richtig gelesen?«

»Ja, ganz sicher. Es ist eine so wichtige Zutat, dass sie einen Extrabuchstaben nur für sich im Zaubereralphabet hat. Poko ist ein wunderbares Zauberbindemittel. Ohne Poko wirkt der Trank nicht.«

27

Tom dachte fieberhaft nach. »Gran hat bestimmt welches, aber was, wenn sie nicht rechtzeitig zurück ist?«

»Es nützt auch nichts, wenn sie rechtzeitig zurück ist«, sagte Rike. »Sie hat nämlich nichts mehr davon. Erinnerst du dich nicht, wie sie gesagt hat, sie wollte zuerst deine Mutter finden und sich dann Gedanken über das Poko machen? Tom, wie hat sich deine Mum ohne Grans Trank zurückverwandelt? Wegen deiner Violetten Kraft?«

»Ja.« Tom erinnerte sich jetzt, dass Gran das mit dem Poko gesagt hatte, aber er hatte den Namen vergessen. Sie hatte gesagt, sie müsste es aus dem Ausland beziehen. »Rike, woher kriegt Gran ihr Poko?«

»Von irgendwo aus dem Nahen Osten, glaube ich. Oder aus Afrika. Ja, Afrika, und nach dort ist sie ja gerade unterwegs. Wir müssen sie anrufen.«

»Rike, wir können sie nicht anrufen. Gerade weil sie unterwegs nach Afrika ist. Ich habe es den ganzen Tag versucht.«

»Ich wette, du hast auf das falsche Symbol gedrückt«, sagte Rike ungeduldig. »Gib mir das Handy mal. Schau, wenn sie auf Reisen ist, musst du hier draufdrücken.« Sie zeigte auf eins der vielen Symbole auf dem Display, das Tom vorher übersehen hatte: auf das Bild eines fliegenden Teppichs. Er drückte darauf. Das Klingeln klang nicht weiter entfernt, als wenn sie in Olford wäre.

»Tom!« Grans Stimme hallte durch die ganze Küche. »Wie schön, von dir zu hören, Schatz, aber leider habe ich noch nichts Neues zu erzählen. Bei langen Entfernungen ist es sicherer, mit halber Superhochgeschwindigkeit zu fahren, und ich habe noch ein ganzes Stück vor mir.«

»Wo bist du?«

»Ich fliege gerade über die Pyramiden. Sie sehen toll im Mondlicht aus.«

»Gran, wir brauchen Poko. Dringend.«

»Ja, aber wofür denn?« Gran klang alarmiert. »Tom, hat dich Rike etwa wieder überredet, mit Tränken für Fortgeschrittene herumzuexperimentieren?«

»Nein, ich meine, doch, ja. In gewisser Weise, aber ...«

»Manno!« Rike riss Tom das Telefon aus der Hand. »Katz, ich bin's. Du brauchst nicht nach Madagaskar zu fliegen. Tante Annabel ist hier bei Tom im Wohnzimmer. Er hat sie irgendwie gefunden und zurückverwandelt. Aber sie hat ihr Gedächtnis verloren und erkennt weder Tom noch Onkel Richard, noch sonst was – nur die Nachbarsschildkröte. Wir haben Angst, dass sie ihr Gedächtnis nie wiederbekommt, wenn es nicht innerhalb der sieben Jahre und sieben Tage passiert. Wir haben alle Zutaten zum Erinnerungstee. Außer …«

»Gut«, sagte Gran. »Das passt wie die Faust aufs Auge. Ich drehe sofort um. Einer der besten Zauberutensilienhändler hat einen Laden im Basar von Kairo, und der ist täglich von der Dämmerung bis zum Morgengrauen geöffnet. Ich hole mir eine Portion Poko und komme, so schnell ich kann, zu euch. Kocht die anderen Zutaten, schüttet sie in einen Mixer und püriert sie – aber seid vorsichtig und verbrennt euch nicht. Dann gießt den Trank wieder in den Topf und lasst ihn vor sich hin köcheln, bis ich da bin. Ich riskiere die Superhochgeschwindigkeit und bin in null Komma nichts bei euch.«

Gerade, als Dad in die Küche kam, klickte es, und das Telefon war stumm.

»Mum ist eben eingeschlafen«, sagte er. »Ich dachte,

ihr macht Tee.« Dann sah er den Trank und roch ihn auch.

»Nein!«, schrie er. »Ich erlaube nicht, dass dieses üble Gebräu in meinem Haus gemacht wird!« Er nahm den Topf und kippte den dampfenden Inhalt ins Spülbecken.

»Oh, Dad, nein!« Tom fuhr mit der Hand in die Mischung und tastete darin herum, um den Stopfen zu finden und ins Abflussloch zu stecken.

»Vorsicht!«, schrie Rike. »Es ist kochendheiß!«

»Unter den kalten Wasserstrahl mit deiner Hand, schnell«, sagte Dad. »Ich hole Eis.«

»Nicht nötig.« Tom zog die Hand aus dem Gemisch. Sie sah nicht röter aus als seine andere Hand und tat überhaupt nicht weh. Er holte einen großen Löffel aus einer Schublade und fing an, das Gemisch in den Mixer zu schaufeln.

»Wahnsinn! Wieder die Violette Kraft«, sagte Rike.

Dad tauchte seinen Finger hinein und zog ihn schnell wieder heraus. »Das verstehe ich nicht«, sagte er.

»Weil du es nicht verstehen willst«, sagte Tom. »Du wolltest nie was von Zauberei wissen. Du hast mir auch nie gesagt, dass ich aus einer Zaubererfamilie komme.«

»Natürlich nicht. Weil ich ahnte, dass wir deine Mutter durch Zauberei verloren haben, wollte ich nicht, dass du mir auch noch genommen wirst.«

»Es war ein Versehen, Dad. Sie ist uns durch ein Versehen genommen worden. Aber es war ein Versehen beim Zaubern, und deshalb konnten Simpel wie die Polizei sie nicht finden. Man braucht Zauberkräfte, um sie zurückzubringen.« Tom tat den Deckel auf den Mixer und hielt ihn fest, während er den Inhalt des Topfs pürierte. »Bitte, wirf das nicht wieder weg, Dad. Es ist für Mums Gedächtnis.«

»Tom, du erwartest doch nicht im Ernst, dass ich diesen Hokuspokus glaube. Woher willst du wissen, dass das Zeugs nicht noch einen Unfall verursacht?«

»Wir wissen es, weil Tom die Violette Kraft besitzt«, sagte Rike. »Das bedeutet, dass er hundertmal besser ist im Zaubern als Tante Annabel. Deshalb hat er sich die Hand auch nicht in dem kochenden Sud verbrannt.«

»Ich versteh gar nichts mehr«, sagte Dad resigniert. »Ich glaube, ich muss mich erst mal setzen und Tee trinken. Aber den mache ich mir selbst, wenn ihr nichts dagegen habt.«

Dad machte sich einen Becher Tee und ging wieder ins Wohnzimmer.

Tom goss den Inhalt des Mixers in den Topf und stellte den Trank auf kleine Flamme. »Was war das?«, sagte er.

»Was war was?«

»Ich dachte, ich hätte ein Klopfen gehört.«

»Ich nicht.«

»Da, wieder«, sagte Tom.

Es kam von draußen, aber sehr nahe. Er drehte sich um und sah sich einer silbrig schimmernden Tigerkatze von Angesicht zu Angesicht gegenüber. Sie saß auf der Mülltonne unter dem Fenster und klopfte mit einer weißen Pfote an die Scheibe.

»Meine Güte, sie ist schon da!« Tom riss die Gartentür auf. »Gran? Ich habe dich nicht als Katze erwartet.«

»Mii-jau-au.«

»Ich verstehe dich nicht, bitte sei wieder Gran.«

Katz sprang von der Fensterbank herunter und schlüpfte vom Küchenfenster weg ins Dunkle.

Einen Moment später kam sie durch die Hintertür herein.

»So, das ist besser«, sagte sie. »Ich hatte Angst, dein Vater würde mich nicht reinlassen, wenn ich als ich selbst gekommen wäre. Aber nachdem ich mit voller Superhochgeschwindigkeit zurückgeflogen bin, war mir ganz schön kodderig, als ich gleich als Katze gehen musste. Na, wie weit seid ihr mit dem Trank?«

»Blubbert fröhlich vor sich hin«, sagte Rike.

»Gut.« Gran hob ihre große Tasche von der Schulter und stöberte darin herum. Dann zog sie ein Leinenbeutelchen heraus und eine winzige Messingschöpfkelle. Sorgfältig knüpfte sie das Bindeband an dem Beutelchen auf, nahm eine Kelle voll von dem goldenen Pulver und verstreute es auf dem blubbernden Trank. »Tom, stell bitte den Küchenwecker auf sieben Minuten und rühr die ganze Zeit in dem Trank. Im entgegengesetzten Uhrzeigersinn.«

Tom rührte. Das winzige bisschen Pulver färbte das schmutzig grünliche Gebräu golden. Die Nussstückchen, die nur von dem Mixer zerteilt worden waren, lösten sich vollständig auf, und das Ganze wurde wunderbar cremig.

»Es sieht mehr wie Suppe aus als wie Tee«, sagte er.

»Es ist ein Konzentrat. Normalerweise braucht man für eine Kanne Tee nur einen Teelöffel voll. Aber da Annabel sich an vieles erinnern muss, geben wir ihr wohl besser zwei oder vielleicht sogar drei.«

Dad kam in dem Moment in die Küche, als der Küchenwecker klingelte. »Mum ist wieder wach«, sagte er, »deshalb mache ich ihr einen …«

Er sah Gran und blieb stehen.

»Hallo, Richard«, sagte sie. »Lange nicht gesehen.«

Dad machte den Mund auf, kriegte ihn einen Augenblick lang nicht wieder zu und schloss ihn dann, ohne ein Wort zu sagen. Er holte einen Becher heraus und setzte Wasser auf. Erst als er einen Teebeutel in den Becher mit dem kochenden Wasser gehängt hatte, drehte er sich zu Gran um. »Wahrscheinlich möchtest du deine Tochter wiedersehen«, sagte er. »Du hast sie bestimmt auch vermisst.«

Rike war schnell. Drei Teelöffel voll von dem goldenen Trank waren im Becher, bevor Dad sich wieder der Arbeitsplatte zuwandte. Den goldenen Schimmer auf dem Tee bemerkte er offenbar nicht, als er den Beutel herausnahm und die Milch hineingoss und umrührte.

»Ach, du lieber Himmel, Rike«, flüsterte Gran, als sie ihm alle zusammen ins Wohnzimmer folgten. »Hoffentlich war das nicht zu viel. Ich meinte, drei Teelöffel voll in eine Kanne, nicht in einen Becher.«

»Viel Durst habe ich nicht«, sagte Mum und nahm

den Becher ein wenig widerwillig entgegen. »Aber er riecht ziemlich gut. Vielleicht trinke ich einen kleinen Schluck.«

Sie nahm einen Schluck. Dann noch einen. Dann trank sie den Becher leer.

»Aaah, so ist es besser«, sagte sie mit einem tiefen langen Seufzer. »Offenbar hatte ich doch Durst. Hallo, Mum, ich wusste nicht, dass du heute Abend kommen würdest. Wie schön, dich zu sehen.« Mum sprang auf und umarmte Gran. »Und du hast Damians Mädchen mitgebracht – Rike, stimmt's?«

»Friederike.« Eine Träne kullerte über Rikes Wange, als sie sich umarmen ließ. »Rike.«

Tom schaute zu Gran. Einen Moment lang trafen sich ihre Blicke, und er sah die Erleichterung in ihrem tränenfeuchten Lächeln.

»Ja, natürlich, Rike. Ich habe dich ewig lange nicht gesehen. Du bist gewachsen. Genau wie mein Tom.« Sie lächelte ihn an. »Ich kann nicht glauben, wie schnell er groß wird. Es kommt mir vor, als hätten wir erst gestern seinen vierten Geburtstag gefeiert.«

Die Worte »mein Tom« taten Tom fast so gut wie eine Umarmung. Dann wandte sich Mum Dad zu.

Sie musterte ihn von Kopf bis Fuß und runzelte die Stirn.

O nein!, dachte Tom. Sie erkennt ihn immer noch nicht. Drei Teelöffel waren nicht zu viel – sie waren nicht genug! Wir müssen ihr schnell noch ein bisschen Tee holen, sonst ist er total traurig.

Mum schaute Dad weiter stirnrunzelnd, wenn auch liebevoll an. »Rick, mein Lieber«, sagte sie. »Du siehst furchtbar aus. Ich hoffe, dass du nicht in diesen schrecklichen alten Sachen rausgegangen bist. Und warum trägst du nur einen Latschen?«

Tom merkte, wie ihm die Tränen übers Gesicht rannen. Er wusste aber nicht, ob er lachte oder weinte. »Das ist eine lange Geschichte, Mum«, sagte er, ging zu ihr und nahm sich selbst eine Umarmung. »Eine sehr lange Geschichte.«

fi 85496 / 1

fi 85499 / 1